TALES FROM A MASTER'S NOTEBOOK

大师的灵感笔记
亨利·詹姆斯从未动笔的小说

【英】菲利普·霍恩 ——— 编
【爱尔兰】科尔姆·托宾等 ——— 著
齐彦婧 ——— 译

上海文艺出版社

亨利·詹姆斯笔记本中的一页，作于1899年，詹姆斯在其中记录了两个小说构思，并以"逸事"为题（仿佛本打算以此为选集命名），却始终未将其付诸笔端。构思一"素描"，没有作家扩写；构思二"懦夫"，由吉尔斯·福登扩写为《加蓬之路》，誊写本见附录。构思一内容如下："1）'素描'——将一个小小的莱伊[1]人物，一个（在我们前和别处）忙碌不休的女人，置于某种微小的戏剧冲突、情景、困局或假想之中。"

【摘自编号 MS Am 1094 (2221a)，第6卷，哈佛大学珍善本图书馆】

---

1. 莱伊，英格兰小镇，詹姆斯晚年居住于此。

目录

序言 迈克尔·伍德　i
导读 菲利普·霍恩　v

X 神父 保罗·索鲁　1
守口如瓶 科尔姆·托宾　23
有人在吗？ 罗丝·特里梅因　45
加拿大人不会调情 乔纳森·科伊　71
老友 特莎·哈德莱　91
加蓬之路 吉尔斯·福登　105
证明 琳内·特拉斯　127
温斯利代尔 阿米特·乔杜里　151
人们如此可笑 苏茜·博伊特　177
山妖 菲利普·霍恩　207
怯懦的丈夫 约瑟夫·奥尼尔　237

附录 253
作者简介 269
致谢 275

序言

亨利·詹姆斯的笔记本上，记满了他口中的"小点子"，其中一些被他写成了著名的长篇小说，另有一些化身中短篇小说，余下那些则止步于笔记形态，成为有可能被废弃，甚或被尘封的构思。在詹姆斯看来，这些点子所记录的，用本书"附录"中的话来说就是"概念、题材、事件、幻想、主题、情境"。1895年，他曾宣称："感谢上帝，我脑中充满幻想。再多也不嫌多——再多都嫌不够。"这样的丰赡令人神往，尤其当我们想到这些幻想再也无法重现，再想到詹姆斯本人1901年8月对其小说《丛林猛兽》写作架构的精彩描述："此事本该发生，却从未发生。"

我们偶尔能从詹姆斯这些简短的记录中辨认出日后的作品，譬如这则后来成为《螺丝在拧紧》的笔记："在此记录鬼故事一则，地点阿丁顿（10日，星期四傍晚），讲述者坎特伯雷大主教。"小说开篇就提到有人在乡间老宅讲了两个鬼故事，正要讲第三个——这个架构在叙事中至关重要。我之所以提到这篇小说，一是因为詹姆斯后来对它不屑一顾，而他的理由令人眼前一亮——他自认还能写出"更细致、更丰富，

i

并非单纯只是闹鬼的故事"——同时,我提到它,也是因为如果把鬼魂界定为不死之物,那么这本《大师的灵感笔记》里可谓鬼魂众多。我并不是指这十一篇精彩的小说题材单一,抑或詹姆斯只书写不死之物。詹姆斯表现的对象千变万化,我们的当代作家也各有特色,他们笔下的故事都有各自独特的口吻、主题、背景等等。但既然詹姆斯有意创作更加考究的恐怖故事、缔造更真实或更丰满的鬼魂形象,我们就不妨把诸多性质迥异的事物看作鬼魂。

在此,我想简单举书中的几个例子,它们都反映了一种介于生死之间的状态:一段艰难重现的回忆,像真正的鬼魂那样不见其形,只闻其声;一段绝口不提的对话;一位藏身暗处的对手;一段隐秘的生活;一次考验,检验的不只是勇气,还有心气;一个梦境,将往日幻化成美好圣洁的回忆;一场等待,经得起时间的煎熬,却经不起圆满的荣宠。书中还写到悔不当初的回忆;写到既怕暴露又怕悄无声息的双重恐惧;写到人们竭力挽救某个或许根本无须挽救的人;写到对死者生前藏品的不同解读,有的深刻、有的浅薄,但或许都不无道理。

故事的发生地从亚利桑那州到诺福克郡,从加尔各答到加蓬。叙述时而机智,时而淡漠,时而会心,时而疑惑,时而自信,写作策略更是不尽相同。这些当代作家没有一位遵循詹姆斯本人可能采取的写作方式,因此,正如菲利普·霍恩所言,这本书毫无模仿甚至致敬的色彩。这正是书名中"拾遗"一词的含义。整本书中，最接近亨利·詹姆斯本人思路，或最逼真还原詹姆斯本人想法的作品，是科尔姆·托宾的小说。詹姆斯告诉格雷戈里夫人自己时常会记下听来的趣事，而且，有时故事的雏形会来自那些最意想不到的人，而在另一些时候，它们则来源于那些最可想而知、他最求之不得的人。他宣称自己喜欢从头塑造人物，但或许，在某种程度上，他也喜欢看到他的人物曾真实存在过，再为他们打造新的背景，缔造新的情境。

"新"是他一再重复、一再强调的重点，也概括了本书诸位作者的创作主旨。构想与故事之间的关系十分微妙，理论上，它与单纯的闹鬼不同，而更接近詹姆斯的希望——试图创造能够萦绕人心的真实的"鬼魂"。詹姆斯听取的趣事涉及众多真实人物和历史形象，但只有在找到新的背景和新的情节时，詹姆斯才会把他们变成自己笔下的人物，才愿意去审视他们在真实世界的生活，再为他们赋予虚构人物复杂的可能性。

在某种程度上，本书每个故事都始于它的第一句话。它们没有过去。更确切地说，它们始于作者选定题材，或被题材选定之后提笔创作的那一刻。在写作过程中，这些故事都发生在或存在于作者的世界之中，无论是经验的世界还是想象的世界。这正是他们与亨利·詹姆斯之间的联系，但连接他们的纽带，却并非单纯的传承或恩惠，而是他们共同从事的小说艺术，是他们对虚构的热爱，而他们热爱的对象，正如詹姆斯1899年在《小说的未来》中描述的那样，只"写在空中"——未免还有人心存幻想："在任何情况下，都不存在这样的记录。"这些笔记本身就是"不存在……的记录"，抑或未展开的想象。如今，它们得以承载唯有想象力能构筑的现实：这批当代作家延续了它们的虚构生命或半衰期，他们探讨了那些有如鬼魅的力量与作用，摸索记忆、恐惧、幻想、臆断、期望等情感的运行机制，而他们所做的一切，詹姆斯想必也会赞赏。

迈克尔·伍德
2018年

导读

故事从何而来？对读者而言，或许这是另一个意义上的问题；对作家而言，构想如何成为故事？读者总喜欢问作家："你是怎么想到那些点子的？"——虽说这问题不难回答（从报纸上、经历中、友人处都能轻易找到答案），但事实上，要摸清想法究竟如何落地却并不容易。如何区分好的、可行的构想与糟糕的构想？如何分辨哪些构想只适合特定作家，哪些可以为诸多作家所用？故事如何发展？如果搁置得太久，它们是会像盆栽棚背后的旧种子包那样失效呢，还是会扎根新的土壤，焕发新的生命？

这些问题始终萦绕在我的脑海，贯穿我的整个职业生涯。研究亨利·詹姆斯惊人的创作及其丰富的作品是我一直以来的工作重心。他1843年生于纽约，1916年初逝于伦敦，一生之中广泛涉猎小说、文学批评、传记、信件等文体，成为现代最伟大的作家之一。他结识或接触过的人包括狄更斯、乔治·艾略特、福楼拜、屠格涅夫、伍尔夫、庞德、奥斯卡·王尔德和西奥多·罗斯福；更重要的是，他善于从自己丰富的人生经验中提取小说构思，并且不断试验，力图将短篇、中篇、长篇小说推向极限。从1881年的首部杰作《一位女士的画像》到1903年的《使节》，从1878年的《黛西·米勒》到1888年的《阿斯彭文稿》，再到1898年的《螺丝在拧紧》和1908年的《快乐一角》，数十年来，他新奇的创举层出不穷，令人眼花缭乱——从他那些引人入胜的笔记本中，我们可以窥见他如何在头脑中思量数不胜数的构想。

故事从何而来？是什么让它们成为故事？在为剑桥大学出版社策划一个全新学术版本的詹姆斯作品，彻底重整这些笔记的过程中，我发现回答这些问题再次变得十分必要。我目前仍是任重而道远——我必须重新誊写文本，而詹姆斯的笔迹常常十分潦草，我还需要做更详尽的注释，再更正此前的错误——并必然犯下新的错误，尽管我会尽量避免。詹姆斯好不容易才养成记笔记的习惯——但笔记给了他付诸笔端的压力（他认为"表达"意味着榨取脑汁），渐渐成了他推敲构思的方法和保存构思的途径，他把它们记录下来，等待它们成熟，将它们投入他1907年在《美国人》前言中所描述的那种"大脑中无意识的深井"，在那个神秘的地方，它们或许会发生丰富而奇异的转变。这些笔记引人入胜、极具私密性，我们能从中一窥詹姆斯最真实的创作过程。在笔记中，素材的内在逻辑会逐渐显现，譬如，我们能看到《肖像》是怎样一步步走向目前的结局，或发现某个情节最初在詹姆斯看来只是"微不足道的真实情境，可供短篇小说使用"，后来却发展成十三万字的《尴尬年代》（1899）。在更广泛的意义上，对任何喜爱虚构作品的人而言，这些笔记都是典范和榜样。它们是詹姆斯的避难所，他可以在其中自言自语，与自己的创作对话。他也可以在笔记中鼓励自己，毕竟评论界对他毫不客气，譬如，他1894年1月就曾告诫自己说，这种记录坚持得越久，他的收获就会越大：

……唯一的慰藉、唯一的避难所，生命中一切紧迫问题的真正答案，就是与构思、题材、可行性和场景之间这场频繁而卓有成效的贴身较量。

也就是说，在詹姆斯看来，生命中的难题只能靠艺术、靠投入创作之中来化解。

目前笔记本仅存九册，均由哈佛大学珍善本图书馆收藏——现已全部上传网络，有意者可上网一睹詹姆斯的真迹。相比他的全部记录，幸存的笔记可谓九牛一毛，毫无疑问，大部分笔记都已被焚毁，消失在焚烧信件和文稿的火堆之中。在詹姆斯晚年，他位于苏塞克斯海边的寓所花园内不时冒出缕缕青烟，正是他在整理和销毁文件。幸存笔记中最早的一篇作于 1878 年，即詹姆斯第一部小说发表两年后；最晚的来自 1911 年，即他去世五年前。在《小说的艺术》这篇伟大的散文中，他曾宣称："要尽量做个巨细无遗的人！"而这些笔记无不显示，他的确践行了自己的诺言。有些条目记录的是可供短篇小说使用的简单元素，他常称之为"胚芽"（意为种子），它们来自报纸、晚宴上的谈话，还有他的观察；另一些记录是自传性的回忆和思考；还有一些则划定叙述走向及手法，有时甚至煞费苦心地逐章制定。至于为什么得以幸存的是这些笔记，而另一些却在兰慕别墅被付之一炬，我们不得而知。我认为最合理的解释是，詹姆斯只保留那些尚未使用和还会再用的构思，或是那些带有自传色彩的段落，例如在一段感人至深的文字中，他记述了自己 1904 年 11 月到马萨诸塞州剑桥市造访父母、姐姐及兄长陵墓的经历："一切都历历在目；一切都涌上心头；那种似曾相识，那种静谧，那种陌生，那种悲切神圣恐惧，那令人无法喘息的澎湃心情和潸然而下的眼泪。"无论如何，我注意到，这些笔记中包含六十余个詹姆斯从未使用的题材——有些明显是因为没有时间，另一些则显然是因为他没能找到合适的叙述方式，或是不知为何失去了兴趣。

最初是如何产生做这本书的想法的，我已不得而知。这正应了詹姆斯在《悲惨的缪斯》的序言中谈该书创作的那句话："我已遗忘了这一设想最初跃入我脑海时的那个珍贵瞬间。"我记不起它从何而来——或许来自翻阅笔记本时的遐思，又或许来自某次谈话。我应该听说过哈维尔·蒙特斯2009年编辑的那本西班牙语小说集《追随亨利·詹姆斯》，它从未得到译介，作者多为西班牙作家，但也包括科尔姆·托宾，故事全部脱胎于尚未使用的"胚芽"。[托宾这篇小说的英文原版收录于小说集《空荡荡的家》（2010），我很荣幸能得到他的授权，将其重刊于此。]

无论初衷是什么，我最大的动力，就是希望看到这些种子生根发芽。正像詹姆斯在约瑟夫·奥尼尔所选故事的笔记中写下的那句"我讨厌半途而废"一样——我不愿任其荒废，无论是否必须通过他人，将它们栽种在不属于詹姆斯的想象土壤之上。詹姆斯认为小说——包括短篇小说——的创作应该是自由的，他曾在《小说的艺术》中说："鉴于这门艺术是如此直接地再现生活，只有彻底的自由才能保障它的健康。"而这本书所做的，正是让一批严肃作家走到一起，共同展现詹姆斯心目中这种创作那自由不朽的生命力。

当然，这些小说绝非詹姆斯的故事。但它们反映了詹姆斯"小说之屋"这一理念的真谛，1908年，他曾在《一位女士的画像》的序言中阐述了"小说之屋"概念的方方面面："小说之屋的……窗户不止一扇，而有上百万扇……每扇窗户都被不同读者的眼光、不同意志的压力洞穿，或终将被洞穿……每扇窗前都站着一个身影，目光炯炯，或至少戴副望远镜，每个人都不断形成各自独特的观察方式，确保自己所得的印象始终与众不同、独一无二。"换句话说，这本书的作者们正像我所希望的那样，拾起了詹姆斯留下的线索，将其据为己有，用它们写出了自己的故事，表达出属于他们自己的"人生印象"——而不是对詹姆斯生搬硬套。

在近来的文学作品中，詹姆斯频频以各种面目出现。在阿兰·霍尔林赫斯特的《美丽曲线》（2004）中，他是研究对象；在保拉·马兰茨·科恩的《爱丽丝所知的一切：亨利·詹姆斯与开膛手杰克奇事》（2010）中，他是一名侦探，与哥哥威廉、姐姐爱丽丝一同追踪"开膛手杰克"；在科尔姆·托宾的《大师》（2004）中，他是一位郁郁不得志的同性恋作家，为取得至高的成就而尝尽艰辛；在大卫·洛奇的《作者，作者》中（2004），他是一位苦涩而善感的职业作家，也是乔治·杜穆里埃的朋友；在米歇尔·海恩斯的《打字员的故事》（2005）中，他是一位天才女青年的雇主（这位女青年以虚构人物弗里达·罗思的面目出现，但实际上更接近现实中的西奥多拉·鲍桑葵）。值得一提的还有艾玛·田纳特的《罪不可赦：阿斯彭文稿背后的故事》（2005），其中写到詹姆斯伤害了爱慕他的康斯坦斯·菲尼莫尔·伍尔森；以及辛西娅·奥齐克的长篇小说《口授》（2008），其中讲到西奥多拉·鲍桑葵暗算詹姆斯；罗尔·欧茨的《大师在圣巴托罗缪医院：1914—1916》（2008）中，老年詹姆斯在探望伤兵时陷入了对同性的情欲幻想；在琼·艾肯的《兰慕别墅的幽灵》（1991）中，詹姆斯在苏塞克斯的家中目睹了鬼魂。与约翰·班维尔续写《一位女士的画像》（1881）而成的那部大胆的《奥斯蒙德夫人》（2017）不同，我们这本书并非直接续写詹姆斯的作品，而是以自己的方式拾起了詹姆斯的接力棒，比上述作品都更为直接地沿袭了詹姆斯的创作。

这本书具有显而易见的双重性，不过它的编排却十分简洁。各篇小说按顺序排列，不附加任何信息，这样读者就能不受干扰地进入故事，视之为作者本人的创作。有兴趣的话，读者可以在"附录"中找到这些作品选用的笔记片段，对比雏形与成品；有意者还可以重读故事，体会二者之间的相同与不同。显然，每个题材的状态不尽相同。有些内容长而完善——有时还经过数月甚至数年的不断丰富。另一些则十分简短，不是言简意赅，就（偶尔）是不知所云或短促晦涩——总之不过是詹姆斯匆匆涂下的备忘录，显然只是给他自己看的。有时，詹姆斯只大致勾勒个关系架构，根本无意详细分析或给出背景，吉尔斯·福登写《加蓬之路》时参考的那篇笔记就属于这种情况。（本书卷首插图即这篇笔记的影印手稿。）有时，他也会被显而易见的虚假气味引入歧途，最终把故事弄得盘根错节，陷入僵局。（这类笔记我有时并不完整展示，因为我只想让读者看到本书作者有哪些想法来自詹姆斯本人。）有些笔记似乎只是忠实地记录了某人在晚宴上坚持要向这位著名作家讲述的逸事；另一些则记录了詹姆斯对无常的世事那种若即若离、冷嘲热讽的观察。当然，在很多时候，詹姆斯记录的是过去那个时代的无常，经过一个多世纪的变迁，有些题材已经略显过时，但即便如此，我们也总能在这个时代找到它们的影子。

我想简单谈谈本书的标题。尽管这些故事全都"提取"[1]自詹姆斯的笔记本,但它们大都与各自的雏形拉开了一段不小的距离。所有小说均属独创,绝无亦步亦趋的痕迹。此外,标题中还强调了"一位大师",而不是直接使用"大师"二字。这一方面是因为除詹姆斯外,文学界尚有众多大师(无论男女),另一方面也是因为詹姆斯始终对这一称谓抱有鲜明的嘲讽态度。在他伟大的中篇小说《大师的教诲》(1888)中,"大师"是一位著名作家,同时似乎也是个不可靠的伪君子,在粗制滥造的商业写作中挥霍自己的才华;在他的短篇小说《智慧树》(1900)中,一位糟糕的雕塑家自诩"大师",而他的家人却不得不纵容他的矫揉造作,尽管他们早已看出他名不副实。当然,詹姆斯也会用"大师"来形容他景仰的作家,譬如,他曾在《巴尔扎克的教诲》这篇演讲中谈起"这门有趣而伟大的艺术,至今,在从事它的人当中,巴尔扎克仍是当之无愧的大师";不过对他而言,"大师"始终是个模棱两可的概念,因为作为一种荣誉,它暗含了牢不可破的森严等级,而詹姆斯深知大师的地位永远是暂时的——那只能代表某位作家上一部小说的水平,或者更确切地说,下一部小说的水平。

---

1. 原标题为:Tales from a Master's Notebook。按字面意思可直译为:从一位大师的笔记本中提取的故事。——译者注(若无特别说明,本书脚注均为译者注。)

黑泽明在经典电影《七武士》中讲述了志村乔代表一个崇高的，或许略带堂吉诃德色彩的团体招募七位武士的情节。自着手这项工作以来，我激励自己的方式，就是把自己想象成志村乔。招募作者——那些真正关注这些题材、为这个设想而兴奋的作家的过程十分有趣，我在其中体会到了振奋、挫败、教训、延宕，整个过程既充满可能，又困难重重。此外，我还深感荣幸。经过数百封邮件的沟通，我终于找到了一批风格各异的作者。其中一些人我早已熟识，但更多人只是间接认识。我对促成本书诞生的人感激不尽，他们为共同热爱的高水准写作而走到一起；此外，我还想感谢那些对本书的出版给予过帮助和祝福的人，尽管他们由于种种原因未能参与其中。我很高兴能与一些德高望重的作家联络，其中一些人欣然应许，另一些人即便（如我所料地）婉拒了我的请求，也回复得慷慨大方、个性十足、循循善诱。

有些人拒绝，纯粹是因为时机不凑巧："我有整整三年都把自己关在家里创作一部很长很长的小说，这才刚刚写完……我实在精疲力竭，脑中一团糨糊，全身的肌肉都酸痛不堪，所以就身体和精神状态而言，我都写不出任何小说了，现在是这样，今后或许也是这样。"一些人则不愿屈从于他人的想象，我必须尊重他们的想法。"我正全身心地致力于自己的创作，所以无暇扩写詹姆斯的笔记。"其中一位如是说。另一位则说："这类创作我并不擅长——这不是我的创作方式。"。还有一位说："我正不遗余力地挖掘自己的想象。我想亨利·詹姆斯会让我束手束脚。"对另一些人而言，这些点子都太詹姆斯了，其中处处是他风格的印记："它们似乎都是为亨利·詹姆斯定制的，而不是为我"。"有些构思实在太长了，让人感觉索然无味，而且我的反应也是詹姆斯式的——细节过剩了，别告诉我这么多，我要原创！"。还有一些人在收到我们从詹姆斯那些"耐心又热情的小本子[1]"中找到的、经过他"慢慢提炼"的题材后，感觉选择题材的过程一言难尽、难以预料：他们自己的创作过程本就已经十分难以捉摸，况且这次，他们还不能完全放开手脚、自由构思。在挑选和体会某个题材时，他们常常要与各自的直觉作痛苦的搏斗，有时能开花结果，有时不能。其中一位告诉我："我不得不来来回回、来来回回地搜寻和嗅探。"另一位选定了题材，却没找到感觉："坦白说，我心中毫无波澜。"我决意不去打扰这个严肃的挑选过程，因为，正如某位退出的作者所言："好的写作必须让人感觉非写不可。"而在我看来，脱胎于这个艰苦过程的故事，都获得了自己的生命，都是不可或缺的写作。

我让作家们自由选择，草拟了一份包含六十余个题材的清单，并尽量避免有人选重——起码不会无意中选重。事实上完全没人选重，我几乎都有些遗憾了，因为倘若能看到根据同一题材写出的不同故事，应该会非常有趣。我明确地告诉大家，千万别认为自己必须拘泥于詹姆斯的设想——这是

---

1. 原文为法语。

因为，一方面詹姆斯的设想可能本来就行不通（毕竟，若非如此，他自己为什么没写呢？），另一方面，他们每个人独特的视角恰恰是本书最大的价值。他们面前是一张白纸，任他们创造。作家们可以把故事置于任何时代、任何背景之下——詹姆斯本人也会任意改变故事的发生地，将原本发生在意大利的故事搬到法国（如1888年的《回响报》），或反向穿越国境，将一位不忠的英国大夫、后来的法国人，变成意大利王子（如1904年的《金钵记》）。经过反复掂量，他偶尔会改变人物的性别（《鸽翼》的主角"好像更应该是个女人，不过我还没有想好"）。他是一位高度国际化的作家——例如，在他一部知名度相对较低的作品《信心》（1879）中，人物出现在锡耶纳、伦敦、巴黎、勒阿弗尔与埃特勒塔（被他改名为布朗克莱加勒）、加利福尼亚、印度、东亚、雅典和纽约。詹姆斯不仅见多识广，更是一位世界主义者，深深介入了当时那个刚刚开始互联互通、相互渗透的世界。

有几位作者本身就是无畏的旅行家，所以写起此类题材——写今天这个远比当时更畅通无阻的世界——尤为得心应手：他们是保罗·索鲁、约瑟夫·奥尼尔、阿米特·乔杜里和吉尔斯·福登。因此，这部选集的多样性，也体现在故事背景的多样性上。同样多种多样的，还有其中的形式、风格和经验。这些作品正像詹姆斯本人的创作一样，既有描写大家族及其变迁的喜剧，如琳内·特拉斯那篇辛辣讽刺的《证明》；也有刻画惨淡人生及其痕迹的灵异故事，如罗丝·特里梅因那篇令人不安的《有人在吗?》;还有对文学界极尽讽刺的寓言,如乔纳森·科伊那篇尖刻的《加拿大人不会调情》。苏茜·博伊特的《人们如此可笑》笔法细腻,讲述了一位女青年为照料长辈而不惜牺牲自己的故事,它正像詹姆斯的《欧洲》或《阿斯彭文稿》一样,沉着地再现了这位女青年所处的困境。性在一些故事中得到了直接的表现,而詹姆斯由于时代关系,在这个话题上总是极其含蓄。仅有一个故事被放在了詹姆斯的年代,那就是科尔姆·托宾的作品——其中对性的表现也是最为激烈的。其他故事都发生在当代;而且可以看出,要在当今世界寻找与维多利亚、爱德华时代[1]"对等"的事物,最终几乎总会得到发人深省的差异。保罗·索鲁那篇神秘而出人意料的《X神父》在处理当代的波士顿天主教会时,表现出一种激动人心而颇具詹姆斯风范的道德热情,可以说是生动至极。在《怯懦的丈夫》中,约瑟夫·奥尼尔描绘出一种后现代的美式丛林生活,利用一次夜间奇遇,揭示出某些潜在的忧虑。在《加蓬之路》这场非洲冒险中,吉尔斯·福登把身陷困境的主角带离英国的下午茶桌,放在一处远得令人生畏的不毛之地,让他在此接受考验。在《温斯利代尔》中,阿米特·乔杜里将一个詹姆斯式的英美题材移植到了加尔各答,尖锐地再现了加尔各答忧郁的氛围。某些胚芽似乎带有价值取向,于是有的作者就——来了个詹姆斯

---

[1] 指英国国王爱德华七世在位的时期,即1901—1910年。爱德华时代和维多利亚时代中后期,被认为是大英帝国的黄金时代。——编者注

式的自由发挥——转而推翻或嘲讽这些价值，特别是那些与性有关的价值，譬如特莎·哈德莱在《老友》中就转换了角度，用令人耳目一新的方式处理詹姆斯的情节。由此可见，书中的每场化学反应都不尽相同；每种组合，都能催生奇妙的崭新化合物。

能第一时间读到这些故事，我深感荣幸：我既读到了对詹姆斯创造力的传承，也读到了这批当代作者的才华与独创精神，正是凭借这些，他们才创作出了完全属于自己的故事。最重要的是，用詹姆斯的话说，这一切令人乐在其中。

临近截稿时，我自己也勉为其难地写下一个故事——权当试验。看到这么多优秀的作家从詹姆斯的设想中掇菁撷华，我感觉如痴如醉、深受启发。想到"己所不欲勿施于人"的道理，我备感压力，仿佛不亲自上阵，就没资格劝说别人。我对笔记本上的一个题材颇感兴趣，而且它除我之外无人认领。然而，若不是几位我极其敬重的好心读者曾直言不讳，那篇小说绝不会有进入本书的资格。我斗胆把它放在这里，但这并不意味着它与其他人的创作旗鼓相当，而只表示我痴迷于詹姆斯在笔记本中展现的创作过程，并希望这部选集能激励人们去重新发现这些笔记。

*

晚年的詹姆斯曾参与合写一部名为《全家福》（1908）的小说（为了报酬，但似乎也为了合写项目的社交性质），一群美国作家各写一章,每人挑选一位家庭成员,从不同的视角创作,彼此角力,争夺对情节和主旨的控制权。尽管听上去引人入胜,但那本书却宛如一场连环车祸——尤其是詹姆斯的部分;所以,在这本书中,我完全不要求作家们合作,他们只需按各自的方式自由处理詹姆斯的题材。

因此,这本书绝非一场炫目的集体游戏,而是十一个彼此独立的故事。这本书毫无疑问会引起学术界的兴趣,但它瞄准的却是一切有兴趣的读者。我不讳言,这其中的确有寻欢作乐的成分,还有一些影射,而且这些故事还来自另一批作家的构想,或者说经过了另一批作家想象力的考量与打磨,因为,毕竟谁又能说清它们究竟来自何处呢?但它们的起源,终究只构成部分的吸引力。詹姆斯如果看到这本书,或许会说它提供了一个"范例"——它展现了小说体裁经久不衰的活力,也体现了我们时代的小说家对昔日伟大前辈的传承。不过与所有书籍一样,衡量本书成功与否最重要的准绳,依然是读者的情绪、参与感、兴奋度和阅读快感。

菲利普·霍恩
2018 年

FATHER X[*]

X 神父

保罗·索鲁

PAUL THEROUX

*. 原文标题为 *Father X*，Father 指神父，也指父亲，标题一语双关，也可以理解为"未知的父亲"。

我一般按月探望父亲，最后一次，鳏居的父亲随口提起了他糟糕的听力。"失聪最糟糕的并不是彻底听不见，"他说，"那样我还能忍。问题是我其实能听见一些声响，嗡嗡嗡的，像有人在隔壁说话。但我根本听不明白。"说罢，他一脸困惑地望着我，满眼无奈。他已年近古稀，却长着一张天使般可爱的圆脸，他面颊红润，双眸湛蓝，头发蓬松，像个上了年纪的小娃娃。"那些模糊的声响，"他微微一笑，"在对我们说些什么呢？"

离开后，我驱车500英里回到我与未婚妻的家中，翌日却得知，我刚走不久，父亲就去世了——毫无征兆。他没有患病，也不算太老，但心脏却衰竭了；而我离他太远，根本指望不上。想到他去世时孑然一身，我悔恨不已——三年前，他送走了我母亲，他的挚爱——悲痛中，我不断回味他随口说起的那句关于听障的话。听得见，却听不懂。

这话体现了他一贯的诚恳。我靠着它熬过了操持葬礼的日子，在心中一遍遍默念，仿佛它是一句咒语。后来，它不再像一句无心的话，反倒像一条不朽的真理，至少是我生活的真相：面对巨大的变故，我尽管能听到它的方方面面，却只把那当作毫无意义的呢喃，殊不知它正向我揭示一个秘密，那将彻底改变我对自身、家庭、世界——对所有一切的认识，包括我接下来要讲的关于父亲的事。

"不过我虔信上帝，"他说，"有信者事竟成。或许我总有一天会听懂的。"

他是如此清心寡欲；在我的记忆中，他始终是个足不出户、无心名利的男人，与他亲爱的妻子感情和睦，醉心于他非同寻常的写作事业。那份工作就像经营家庭作坊，只不过出产的是精神产品。

除了我，守灵的只有他为数不多的几个熟人，水管工、电工，还有在我离家求学之后替他除草的工人。父亲没有挚友——他拒绝与任何人亲近，唯一的例外是他的妻子，我的母亲，她是他的一切。她去世时，是父亲帮我度过了那段悲伤的日子，他一个人办妥了所有手续，备齐了所有文件，表现得坚决果敢，而我却只会抽抽搭搭，深陷丧母之痛。

耐心让父亲充满力量——他以善为生，这点我很快会解释；同时，善也是他的行为准则。我母亲在他生命中的地位无人能比，她去世时，我能看出他悲痛欲绝，一心想随她而去。有时，我会觉得父母尽管待我很好，可他们彼此实在太相爱了，所以在很多方面都忽略了我。也许深爱彼此的伉俪对孩子都是这样吧？我父母对所有人都有所保留，不愿结交朋友，也不爱跟我黏在一起。我从小到大都对他们充满敬畏，慑于他们的亲密，同时也略有怨忿，因为小时候，我在他们面前总显得多余。回想起那种矛盾，我更难过了。

守灵最后一小时，我得知了那个惊人的消息，当时我正与殡葬师单独在一起。

"我还以为死亡证明都办妥了，但好像出了点儿问题。"他说，我迫切地想知道发生了什么，总嫌他说话太慢。他叫肯·莫蒂默，供职于莫蒂默殡仪馆。"而且不是归档有误。"他补充道，仿佛故意吊我胃口。

棺盖敞开着，我们就站在棺椁旁，我甚至从父亲的遗体上捕捉到一丝若有若无的气味，一股淡淡的化学品味，还夹杂着爽身粉和化妆品刺鼻的香气，父亲扑过粉、化过妆的脸看上去圆嘟嘟的，像洋娃娃的脸。

"怎么回事？"我低声问，好像生怕父亲听见。人一靠近尸体就难免迷信，总会做出奇怪的举动。我强烈地感到他的气场正笼罩着我。父亲纹丝不动的遗体似乎有种魔力，我丝毫不敢提高音量，尽管他根本没戴他那套粗笨的助听设备。

殡葬师莫蒂默却见怪不怪。他语气温和，用词精准，但他越是这样，我越感觉他的话难以接受，我几乎无法忍受他语调中暗含的确凿无疑。

"开不了死亡证明，"他说，"到处都找不到你父亲的档案。"

"怎么可能？他有出生证明啊！"

"假的，对不上号。我们找不到任何关于你父亲出生的记录。"

"他就出生在这儿,在波士顿。"我说。

他缓缓摇摇头,好像很难过的样子,尽量委婉地反驳:"没有威拉德·霍普这个人——起码没被记录在案。"

听到他把父亲的名字和"没有"二字扯在一起,丝毫不顾父亲死去的躯体就躺在一旁棺椁中的真丝衬垫上,我开始喘不过气,只好双手掩面,低声呻吟。

"出生日期和地点,"我反驳道,"都是有记录的。"

"但资料不匹配。"莫蒂默说。我开始憎恶他深色的西装、阴沉的领带、锃亮的皮鞋、小指上的尾戒、小巧的金质领扣——总之憎恶他的全套行头,恨它们让他显得如此可信;因为悲痛中的我心烦意乱、疲惫不堪,完全不知道该怎么面对他所说的事。

"那我母亲——她的出生证明呢?三年前我们就是在这儿为她守的灵。"

莫蒂默竭力摆出和善的样子,准备温柔地打破我的幻想。体贴悲痛之人是他工作的要点,在某种程度上是个职业哭丧人,必须做到感同身受,他可以悲顾客之悲,或配合扮演某些角色,因为他对情绪泛滥早就习以为常。他看上去既满怀同情又不为所动,如同一位即将宣告病人不治的医生。

"当时那些文件都是你父亲准备的,我们也没多问。"他说。

他每说一句话,我就瞟一眼父亲扑了粉的鼻子和红扑扑的脸蛋,他的头发纹丝不乱,嘴角略带笑意,似在侧耳倾听。

殡葬师站直身子,面向我:"都是伪造的。"

"那他们的结婚证书呢？"

"没有记录。"

"他是虔诚的天主教徒，结婚记录肯定就在波士顿哪座教堂里。"

莫蒂默没有答话，他面无表情地望着我，仿佛这就是最有力的反驳。

"我父亲为人正直，他绝不会干造假的事。"

"我没说是他干的，"莫蒂默说，遗憾地叹了口气，"但那些文件的确是伪造的。印章、公证、签名——全是假的。都对不上。他不是威拉德·霍普，你母亲也不是弗朗西斯·霍普。"

父亲总叫她弗朗姬。他爱她，崇拜她，逗她开心，而我就远远地望着他们，羡慕他们的爱情，却永远感觉自己被排除在外。

"那他是谁？"

"我不知道。"

他就躺在我面前的棺椁里，这些话都在他听力所及的范围内，我又想起他说自己能听见声音，却不解其意。

"你们打算怎么办？"

"按规矩办。取DNA，或许能找到匹配的。我们已经取了样，用棉签蘸取了口腔黏膜上皮细胞。也留了点儿头发。"

"指纹呢？"

"葬礼再过半小时就要开始了。我们这就得把棺椁抬上灵车，到教堂还得整整二十分钟呢，没时间了。"

但我不等他把话说完就掏出手机，拨通了警察局的电话，跟对方解释情况紧急，我急需从一具尸体上提取指纹。"一具尸体吗？"调度员说——这样描述父亲真叫人难过。更让人无奈的是，我还不得不站在棺椁前阻拦大为光火的莫蒂默，好让一位女警员（名牌上写着"克鲁兹"）抬起父亲无力的胳膊，给每根手指逐一蘸上印泥，再一口气把它们按进文件上相应的方框，留存他的指纹。合上棺盖时，莫蒂默对着我父亲蘸满印泥的手指皱了皱眉，就好像我们糟蹋了他的心血。

葬礼晚了一小时。神父很恼火，但仅有的几位来宾似乎并不在意。不过后面那场葬礼被我们给耽误了，一大家子沉痛的亲属站在停车场里等候，看上去深受伤害，神色阴郁。他们哭天抢地，组成长长的车队，每辆车顶上都用磁石吸附着一面小旗，浩荡之势令我深感惊讶；我走进教堂，参加我们小小的葬礼，一路上都对他们心怀歉意。

仪式并不陌生，但我却一头雾水地坐在那里，想不出棺材里那个人到底是谁。这个谜团加剧了我的悲伤，自从得知父亲去世以来，我头一次哭出了声——我啜泣不止，直到喉咙发痛，但我明白我哭的不是父亲，而是自己。看着神父把圣水洒在棺盖上，我感觉自己遭到了遗弃，被这个躺在带轮棺材里的人欺骗了。

他是谁？而且，这样一来，我又是谁呢？

他是位隐士。要不是母亲在世时他们傍晚常开车出去兜风,你简直要怀疑他有广场恐惧症。他们会带上三明治,把车停在海湾附近,面朝大海,享用食物。他们会把我留在家里,推说"你肯定还有作业要写",我也欣然答应,因为我早知道他们不想带我。这听上去像在责备他们冷漠,但看到他们如此相爱,我心中只有仰慕。有时,我会觉得他们仿佛共守着一个只属于他俩的惊天秘密,它将永不见天日,他们会坐在停泊的车中,轻声惊叹这个秘密的神奇。

他们的爱给家中带来了祥和与安宁。父亲的爱慕让母亲光彩照人。父亲为人谦和,敬畏上帝,从事着一份不同寻常的工作——得到的回报更多是精神上的,而非金钱上的。不过他说他并不介意。我父母生活简朴。他们常说,人富在知足。

他尽管虔信上帝,却极少去教堂,他听过一回弥撒,去的还是离家很远的一个镇子,他从侧门悄悄溜进教堂,坐在后排的长椅上,谦逊地低着头,那模样让我想起基督关于法利赛人和税吏的比喻[1]——我父亲就是那个税吏,因自感低微而捶打自己的胸膛,不敢仰望天堂,与《路加福音》中那个自命不凡的法利赛人截然相反。之后他又悄悄离场,走的是另一扇门。

他那份不寻常的工作是什么呢?他以撰写布道词为生。他没做什么宣传,却也积累了一定的声誉,渐渐地,神父们纷纷找上门来,请他撰写周日的布道词或婚礼、葬礼上的训诫。

---

1. 《新约·路加福音》讲到一个自负的法利赛人,耶稣将他与谦卑乞求上帝恕罪的税吏相比,意指人们应该谦卑地祈祷。

神父们最初都是邮购下单，他们写信给"X神父"，请他根据某个主题或《圣经》中的某段经文写篇千字文章，他们通常还会随信附上美元钞票，但从不寄支票；那些褪色的钞票软炮炮的，是捐款篮或功德箱里常见的那种。

"一笔捐赠，敬请笑纳。"神父们会在信中说。

布道词先由父亲手写，再由母亲打印，信都是她去邮局寄的，父亲则留在家中。

这一切始于波士顿某报的一个专栏，我父亲曾在这家报社销售分类广告，在当时，"小广告"是报纸上最赚钱的版块。父亲喜欢这份工作，因为他只需打电话就能完成，他可以准时上下班，也不必出外勤；为人谦逊的他对这份默默无闻的工作十分满意。报纸有个固定栏目，叫《每日一思》，署名是"X神父"——那是两位记者共用的笔名。《每日一思》由他们轮流执笔，为了充分利用版面，它被安排在社评旁边。

一次，两位记者抱怨自己连手头的工作都做不完，根本腾不出时间写《每日一思》，父亲无意中听见了，主动提出帮忙。

"你吗，威拉德？"

他的全名是威拉德·劳伦斯·霍普，当时差不多四十五岁，所以我那时应该有五岁了。我的名字是拉里。

"你觉得自己能行？"

我谦逊的父亲回答说："我愿意试试。你们要是不喜欢，别用就行。"

他根据《约翰福音》中耶稣治愈盲人的故事写了一则专

栏,主要表现了法利赛人嘲弄耶稣的经过,描写他们如何斥耶稣为罪人,指责他违背安息日的规矩假装创造奇迹,还有盲人可憎的父母如何横生枝节,法利赛人如何质疑不断。

"我喜欢这个故事里的对话,"他告诉我,"特别贴近普通人的言行。'一个罪人怎么能做出这样的奇迹来呢?''他是先知。'然后是盲人父母的抗议:'他天生失明。'还有盲人那句'他是个罪人不是,我不知道。有一件事我知道,从前我是眼瞎的,如今能看见了!'和'我已经告诉过你们了,可是你们根本不听'[1]。你完全能看见他们围成一小圈,跟那对糊涂的父母站在一起,脚边就是盲人取来抹在眼睛上的那摊泥。"

他最喜欢的,莫过于耶稣在遭到质疑时那句语法不通的反诘:"还没有亚伯拉罕,就有了我[2]。"

他把这篇泛黄的专栏文章钉在书房墙上,以纪念自己初试身手,这次尝试,为他赢得了"X神父"的工作。

两位记者十分高兴,他们发表了那篇文章,又请他继续写。很快,我父亲在报社的工作就有了新的内容。他依然负责销售广告,但同时,他的《每日一思》更是大受欢迎,还被公司推广到旗下别的报纸。专栏获得成功后,他就可以在家工作了——继续卖广告,写每天的《每日一思》——这让他大大松了口气。他喜欢穿着睡衣工作。

一切都来得很快。他说他并不意外。谈到专栏,他总是

---

1. 以上引言出自《新约·约翰福音》,译文采用《圣经》中文和合本。
2. 原文为:Before Abraham was, I am.

十分谦逊，不过他坚称成功还有另一个原因。

"没人喜欢写东西，"他曾不止一次告诉我，"写作是件苦差事，就连最有经验的记者也会这么认为。对普通人而言，谋篇布局简直难得要命——该怎么把白纸填满？该说些什么？写信都不容易。你要是想让谁写点儿什么，要是你说'给我写封信吧'，那么这封信你估计永远也收不到。大多数人都觉得干什么都比写东西强。特别是写布道词。"

一天，他向我解释了原因。

"他们乐意谴责罪人——但仅限于口头。而依据《圣经》写一篇有理有据的布道词，那又是另一回事了。不假思索地谴责某人，远比用一篇完美的布道词去声讨对方要容易得多。而且，反正耶稣教导人们要懂得爱与原谅。"

"所以你喜欢写作？"

"我总是有话要说，所以写起来顺手。我相信自己写的东西。'上帝之道'总能启发我。"

别的记者写《每日一思》只是例行公事。我父亲却视之为一种乐趣，一种精神训练。"这说不定也算一种祈祷呢。"他说。

不过，为了维持过得去的收入，他依然在卖小广告。同时，我母亲则忙于照顾那些误入歧途的灵魂——未婚母亲、遭虐待的妻子等等，她安慰她们，为她们指引方向。

X神父的专栏文章与布道词结构相似，常被人在教堂讲道坛上引用，我父亲收到许多感谢信，也开辟了一项新业务——撰写定制的布道词。如何安慰失去孩子的父母？有人这样问他。作为答复,他写下一篇慰问词,结果收到一笔钱。"请收下它,就当是一笔捐款。"这是孩子的父母为表谢意特地给我父亲的。这种情况开始频繁出现,他与一些神父建立了长期联系,他们绞尽脑汁也写不出布道词,只好求助于 X 神父。

他欣然应允。在他眼中,这相当于借那些神父之口向信众布道。他说,要是陷入信仰的迷狂,他十分钟就能写出一篇布道词。"这不过是举手之劳,却能改变别人的生活。"他能把经文倒背如流,"那些充满人性的内容——人的话语,才是真正的声音。'他是个罪人不是,我不知道。有一件事我知道,从前我是眼瞎的,如今能看见了。'这句就很好,很真实"。

那些想写作的人大都无话可说。"可这不就是最生动的语言吗?"

他并不把写作看成生意。这是传教,所得都是善款而非酬劳。但他发现,到了周末,大多数神父都为周日的布道发愁。

其中一位给他写信说:"我今天准备去打高尔夫,还以为要错过开球了。是你帮我赶上了这场球。"

高尔夫!他惊呼。神父们得打理游船,还得参加派对,走亲访友。有我父亲代写布道词,他们就可以一面照自己的心意行事,一面完成有意义的工作。

"而且你可以拍板。"我说。

"不是我。"他说,用手点点脑袋,指向天空。

90 年代末,报社关门大吉,X 神父的《每日一思》出现在一个网站上。他张贴布道词,答疑解惑,受人之托为某些特殊场合撰写训诫词。他或许已经看出自己的写作影响力巨大，因为每个周日，无数神父都会在济济一堂的信众面前诵读他的文字，每篇文章都像他所说的那样，诉说着宽宥。

"神父就像大学教授，"他说，"他们每年都上同样的课。总在重复自己。所以一阵子过后，他们就不再给我写信了。他们想要的都已经有了。"

他写神圣的婚姻最富激情、最为雄辩，道成肉身，天父即爱。这就是我熟知的父亲，专栏作家兼前分类广告销售员，布道词作者，专为文思枯竭的神父们代笔——而他们之所以文思枯竭，恐怕是因为信仰不坚。

但他却不是 X 神父。而且据我所知，他也不是威拉德·霍普。既然他不是威拉德·霍普，那我也就不可能是拉里·霍普了。

葬礼结束后，我没有直接回马里兰州。如今我与未婚妻贝丝定居在那里。我只对她说："我得待一阵子，替父亲办完手续。"她也没有多问。

我岂能告诉她我根本不是她以为的那个人？我的身份成谜，我虔诚的父亲连名字都是假的，母亲也是。贝丝和我准备不久就结婚。父亲得知后非常高兴。我有一次曾对他说，他的虔诚让我深受启发，我想成为神父——投身信仰事业。"再好好想想吧，"他说，"圣职对很多神父都是种折磨。瞧他们多煎熬。"于是他给我看了那些求他代写布道词的信。

显然，我的出生证也像父亲的一样，是伪造的。连自己的身份都搞不清楚，我还怎么结婚？我又翻看了自己的出生证，虽说那些内容我早已烂熟于心：上面有我的全名劳伦斯·霍普，父亲的名字威拉德·霍普，他的职业一栏写着"记者"，这真是个谦逊的称谓，因为他真正的工作是为情绪高涨的信众撰写灵魂箴言；然后是他的出生日期；接下来是我母亲的名字弗朗西斯，职业是"家庭主妇"——这就更谦逊了，因为她其实是一名社会工作者，曾救助过无数单身母亲。

我还想看有没有别的文件，于是翻遍了父亲的书桌和整间书房，四处搜寻能证明他身份的东西。但我一无所获。他没参过军，没申请过护照，没犯过法：他的面目越来越模糊不清。

"没有匹配。"我打电话询问 DNA 样本检测结果时，殡葬师莫蒂默说。

这让我想起我还有指纹。我带着指纹来到警察局总部，解释了我的疑惑，说我想查清父亲的真实身份，弄清自己的身世。

"不过我不抱什么希望，"我说，"我很难想象父亲怎么会被记录指纹。"

"你会大吃一惊的。"当值警长一边说，一边接过装有指纹印的信封。

不出一周，我就接到了电话，他们找到一个匹配，父亲的指纹被联邦数据库记录在案。我约了个时间，准备去警察局查看相关档案。

"这些指纹属于杰里迈亚·费根,"见面后,警官说,同时隔桌推来一张纸,"这里有他的地址和详细信息,可能有点儿过时——都是二十多年前的了。"

"这可是持枪申请。"我说,感觉难以置信,同时注意到日期就是我出生那年。

"而且被批准了。他有 A 级武器持械许可证。"

"我父亲有过枪?"

"这是你父亲?"

我给他看了驾照,表明我的身份,驾照上的名字是劳伦斯·霍普。

"我想我父亲改了名字。"

"不,他没改。改过名字的话,搜索结果应该会显示。改了名持枪证就作废了。"

"他买枪干吗呢?"

"上面有他的申请事由,"警官说,"第五行,'保护人身安全'。如果你想要一份复印件,每份两美元。"

我坐在一家咖啡馆里,仔细端详这份申请表,设法把这个新名字与父亲的面孔联系在一起,同时琢磨着文件上那个与我的生日相差无几的日期。最后,我查看了父亲留的住址:哈里森大街 600 号。

哈里森大街是波士顿的一条主干道,两旁全是城里的主要建筑,街道很长,从城南的唐人街一直延伸到马尔科姆·艾克斯大道附近，街上的居民可谓鱼龙混杂。不过，我父亲当年的住址如今却属于一栋巍峨的砖石建筑，看上去更像学校而非住宅。我绕着它走，在它后面赫然瞥见了圣十字教堂的大理石尖顶。

不过那并不是学校，而是本堂神父的住宅。我敲了敲门。一名戴围裙的妇女打开门，说神父们不是很忙就是不在，我想见谁都得提前预约。

我说："请问这里最年长的神父是哪位？"

"那就是布拉肯蒙席了。"

"他是不是大概六十五、七十的样子？"

"差不多。"

"我能给他留张字条吗？"

女人同意了，还帮我找来一张纸。我在便条上说如果方便，我希望能在下个周日与布拉肯蒙席见上一面，最好赶在他（据日程表所示）去教堂中一处侧祭坛做弥撒之前。

尽管在字条上留了名字和电话，我却没得到任何答复。等了几天，我迫不及待想揭开真相。周日早上九点，我来到神父住宅，一位年轻的神父接待了我。我说想见布拉肯蒙席。

"您预约了吗？"

"我给他留过便条。"

"请稍等。"

他走开了，我独自站在门厅，空气中弥漫着香烛、上浆的亚麻和家具光亮剂的味道。我听见几个房间之外有声音传来,像是一声抱怨,随后,年轻神父回来了。

"请进吧,"他说,"左边第二间。"

那位最年长的神父,布拉肯蒙席,坐在一张扶手椅上,看上去像一位身材富态、头发蓬乱的老妇人,带褶边的袍子遮盖了他浑圆的肚子,一圈披肩环绕着他的脖颈——很显然,这是法衣,他的长袍式法衣。

他欢迎了我,"坐吧",不过态度生硬,我感觉自己似乎打扰了他。但这也许是事实。他腿上摊着一张纸,显然是他一直在看的东西,上面的字很大,是专为公众演讲准备的。

"多有打扰了,蒙席。"

他看上去有些恼火,仿佛怕我突然提出什么严峻的问题。但他还是和蔼地提醒我说:"我时间不多。十点钟就要做弥撒。咱们能不能过后在圣器安置所见?"

"我只想问个简单的问题。"

"什么问题,我的孩子?"

"我想打听一个名叫杰里迈亚·费根的人。"

他突然一脸厌恶,肉乎乎的手紧紧抓住扶手,抓得指尖泛白,而且他的嘴唇扭曲得厉害,我一度以为他要啐一口唾沫。

"打听他做什么呢?"

"他过去住在这里,对吗?"

"费根神父使我们蒙羞,他是个道德败坏的人,是个有辱教会名誉的神父。我不想听到他的名字。请你走吧。"

"能请问是哪方面的道德败坏吗?"

布拉肯蒙席站起来，我也只好起身，他用他那上下抖动的大肚子把我顶到门口，急吼吼的步伐带起了法袍下摆，每个动作都是精心设计的拒绝。

"没错，他过去是这里的神父，但他犯了罪——不可饶恕的罪，而且他还败坏了别人。那是个很大的丑闻，不过他终有一天要向全能的上帝解释他的罪恶。"

"他最近去世了。"

"那他就是下地狱了，"蒙席边说边伸手轰我出去，像轰走一条胡搅蛮缠的猎犬，"你知道这些就够了。我们绝不会忘记他造成的恶劣影响。快走吧。"

那位放我进去的年轻神父肯定听到了动静，因为他显得有些吃惊，但他没说什么，只是猛地推开大门，等我刚一踏出门槛就立即关上门，把我逐出门外。

关于费根神父：我还想知道更多。我徘徊着寻找线索，为了平复心情，我转过街角走进教堂，找了个位置坐下。我父亲的神父形象不难想象——他有那种气质，那种虔诚，那种谦和——但丑闻是什么？我不愿去想他会侵犯幼小的男孩，波士顿曾有不少神职人员犯下过这样的罪行。但布拉肯蒙席那么气愤，还说他道德败坏，表明他很可能正是这些禽兽中的一员。

钟声从一个侧祭坛传来，把我从胡思乱想中拉回现实，我看见布拉肯蒙席从祭坛旁的一扇门里出来，身旁跟着两个低眉垂眼的女人，三个人组成了一支小小的队伍。我蹑手蹑脚地走过去,在后排落座,靠近一根柱子,位置十分隐蔽——不过也看不见圣坛上的仪式。我父亲虽然很少去教堂,但他一直鼓励我多去听听弥撒,可惜我并没放在心上。我实在太久没踏进教堂了,看到如今是女人们在倒水倒酒、给圣餐仪式打下手,我竟有些惊讶,因为这些过去都是辅祭男童的工作。

我听见弥撒开始了,布拉肯蒙席用他那抑扬顿挫的音调念起祷词,女辅祭们应和着,长椅上的信众也随之嗡嗡默念。

过了一会儿,蒙席走上讲台,清清嗓子,开始讲道,他语速缓慢,浑身散发着自信的光芒,俨然受到了神启。那一刻,我仿佛听见了父亲的声音和父亲的智慧,那篇布道词就出自他之手,其中有他特别喜欢的那段对话。彼得问耶稣:"主啊,我弟兄得罪我,我当饶恕他几次呢?到七次可以吗?"耶稣说:"我对你说,不是到七次,乃是到七十个七次。"[1]说到数字时,布拉肯蒙席加重了语气,以强调宽恕永无止境。

我父亲仿佛就站在圣坛的讲台上,借那位神父之口传达着宽恕的要义。

有了他的真名,我在波士顿的报纸上找到了他的故事:上面记述了费根神父与一位修女,仁爱修会的康斯坦斯嬷嬷,在一家汽车旅馆被人捉奸的经过;此外还有事件调查、他们

---

[1] 出自《新约·马太福音》,译文采用《圣经》中文和合本。

遭受的暴力威胁，以及他们一同人间蒸发并遭受舆论谴责的始末；后来他们隐姓埋名，消失得无影无踪，最终，更加骇人听闻的神职人员猥亵儿童事件取代了他们的丑闻。

不过他们从没离开波士顿地区。我在波士顿市政厅档案里找到了他们的结婚证书，上面有他们的真名——结婚日期是我出生前六个月——最后，我又找到了更多的报纸，有一屋子那么多，上面写满了布道词、训诫，还有关于爱与宽宥的温柔字句，那都是我父亲顶着笔名，替声讨过他的神父们写的。

SILENCE

守口如瓶

科尔姆·托宾

COLM TÓIBÍN

1894年1月23日，德维尔花园34号

G夫人所述的另一事件——"题材"，涉及伦敦一位显要的牧师，他在多佛至加来的汽船甲板上拾到一封致他妻子的信。彼时他的蜜月旅行刚刚开始，妻子正在舱内休息，他发现写信者是她昔日的情人，文字炽热（简而言之，一个邀约——要么决裂、要么相恋），而他此前从不知情，遂决定一到巴黎就以受骗为由，趁还没碰她，将她直接退回娘家。后来，他依然将她带回家中同住，但从不以妻子相待。对她而言，那场冲突——巴黎一夜——或许会招致一系列后果，其中包括某个戏剧性事件。譬如当即投入他人怀抱，等等，等等，等等。

——摘自《亨利·詹姆斯的笔记本》

有时，在傍晚临近尾声的时候，格雷戈里夫人会与某个人短暂地四目交会，那一瞬间就足以让她铭记。在这座大都市的宴会桌上，她深知她绝不能去谈论自己，或抱怨天气炎热、季节沉闷、某个女演员举止可笑，诸如此类；她也懂得不去为无聊的琐事喋喋不休，或为并不诙谐的话语发笑。相反，她把全部精力放在身旁那位绅士身上，向他提问，再专心地听他作答。侧耳倾听比高谈阔论更加费神；她眼中闪烁着理解与敏锐，好让对方看出她是多么聪慧，她的沉静之下又有着怎样的力量与深度。

只有独自离场时，她才会感到痛苦。在回家的马车上，她会凝视着黑暗，明白那些年的一切都已不再，回忆毫无用处，自己已是前路茫茫，未来只剩一片黑暗。在过于愉快而光鲜的傍晚之后，往往是难以成眠的夜晚，每到这时，她就会想，她现在的生活与她将要在坟墓中度过的永恒岁月之间，究竟有没有差别。

她会写下一份清单，书写本身能让她莞尔。她罗列活下去的理由。她的儿子罗伯特总是排在第一位，她的几位姐妹紧随其后。她常想从中减去一两人，或许再减去一个兄弟，不过最多一个。接下来是库尔庄园，她丈夫在爱尔兰给她，或者至少是给他们的儿子留下的宅子，她愿意的话，随时可以回去。回到那里，见证事物的缓慢变化，目送冬去春至，或是迎接秋天的来临。那里有书本和绘画，她早上拉开百叶窗时，还会有光线闯入高阔的房间。她也要把这些加入清单。

每次，清单下方的纸面总是一片空白。这空白可以轻而易举地被一系列残酷事实填满，为首的是一个无可回避的念头——她没有抓住爱情，爱情再也不会降临，她已是孑然一身，她只能随遇而安、孤独终老。

这天傍晚，她把清单揉作一团，起身走进卧室，准备就寝。她愉快地，或近乎愉快地想到，这周就没有别的晚宴了，伦敦的女主人们暂时都无须在自己的餐桌上安排一位来自爱尔兰的富孀了。一位以善于倾听、睿智过人著称的富孀确乎有她的用处，她想，但一周之中总有几晚除外。

她曾经对婚后生活还算满意；作为一对老夫少妻中的"少妻"，她享受这个身份带来的光环，也知道自己沉静的凝视会对丈夫的朋友们产生怎样的效果，那些人见她相貌平平，便以为她的性格也是沉闷乏味。然而，她轻声慢语，小心翼翼、分寸得当地让他们知道，她是个什么话题都跟得上的人。时兴的书籍她都读过，谈起它们时，她会慢条斯理地斟酌字句。她并不想刻意显得聪明，总能做到沉静而大方，礼貌矜持而不畏畏缩缩。她并不具备那种天生的优雅，为了弥补这一点，她从不言之无物。她相信像她这种长相的女人绝不该龇牙咧嘴。她在任何情况下都不会露齿大笑,而更喜欢双眼含笑。

在婚后头几个月里,只有当她丈夫在入夜后来到她的床上时,她才会感到对他的厌恶。他急切地上下摸索,喘息中散发出难闻的气味。这样的他让她觉得白天的世界、里里外外的服饰、前前后后的仆从、富丽宽敞的房间、关于政治和绘画的高谈阔论,都不过是转移注意力的手段而已,免得人们彼此嫌恶。

有时她远远地瞥见他,或偶尔瞥见他沉睡中的面孔,会觉得这个人拯救她、占有她只是因为一时的心血来潮,或兴之所至。他这把年纪是没法理解她的,他见得太多、活得太久,任何新事物都无法闯入他生活的轨道,譬如一位小他三十五岁的妻子。婚后头几个月的那些夜晚,她曾竭力靠近他,全身心地拥抱他,向他干枯的灵魂献上自己,却只发现他更愿意在黑暗中执迷地抚弄她身上的某些部位,仿佛在寻找某件不知遗落何处的失物。因此,她在设法取悦他的同时,也尽量确保自己能在他尽兴之后轻轻背过身去,伴着他熟睡的鼾声独自面对黑暗。她多希望早上醒来时可以不必看见他近在眼前的脸,他半张的嘴、胡子拉碴的面颊、花白的鬓角和松弛的皮肤。

她想着午夜过后,整个伦敦,在每个窗帘低垂的房间里,寂静都被打破,让位于鼾声、呻吟与叹息。她想幸好那一切都在暗中进行,而且幸好,无论人们多喜欢把爱、忠诚和琴瑟之好挂在嘴上，从来没有谁意识到在那几小时里，人与人之间是多么疏远，每个人都是多么深刻而彻底地回归自我，他们脑中又会生出多少不可告人、无从言说、不能以任何一种方式泄露出去的念头。这就是婚姻，她想，而安之若素是她的义务。有时，这严酷、乏味的真相甚至令她发笑。

话虽如此，但到了白天，威廉·格雷戈里的妻子的身份却几乎令人兴奋，让她感觉自己在世间拥有一席之地。毫无疑问，在此之前他曾孑然一身。他娶她是为了终结孤独。他热爱旅行，如今，想到有她为他置备衣物、听他说话，他十分受用。他们可以像别的夫妇那样成双成对地步入宴会厅，在那种场合，一位上了年纪的单身男士总会显得格格不入，可悲可叹。

他曾周游列国，一度出任锡兰总督，因此故交老友数不胜数，而且他还颇受欢迎，为人可靠，知书达理，见多识广，相处起来几乎堪称有趣。一次他们来到开罗，很自然地就与年轻诗人威尔弗里德·斯科恩·布伦特[1]和他举止雍容的妻子在同一家酒店下榻，两对夫妇也就自然而然地一同进餐，甚感投契，四个人先是清谈诗艺，而后，随着气氛逐渐转变，又争论起政治来，谈得越来越激烈、越来越严肃。

威尔弗里德·斯科恩·布伦特。熄灯后，格雷戈里夫人

---

1. 威尔弗里德·斯科恩·布伦特（Wilfrid Scawen Blunt，1840—1922），英国诗人、作家。他的作品以诗歌为主，对政论及辩论也有所涉猎。他反对帝国主义，这在当时属于相对开明的政见。他曾携妻子安妮·布伦特游历中东。

躺在床上，想到自己永远不必在任何清单上写下这个名字，不禁笑了。他的名字属于别处；假如有朝一日她陷入难以想象的困境，那便是她会在玻璃上呵气写下的名字，也是她会轻声为自己念诵的名字。那是能刻在她心上的名字，前提是她相信这种事情。

他的手指修长漂亮，连指甲都泛着健康的光泽。他的秀发亮泽，牙齿洁白，说起话来两眼放光；思考时面带微笑，美轮美奂、光彩照人。他在她眼中是那么遥不可及，就像皇宫之于她在库尔的宅邸，抑或天堂之于人间。她爱看他，就像爱看布伦奇诺或提香的画，同时，她也始终留心装作同样爱看他的妻子，拜伦的孙女，尽管她其实对那个女人毫无兴趣。

她暗自把这对夫妇比作食物，布伦特夫人是寡淡的蔬菜、馊了的小土豆，或者咸鱼，而她的诗人丈夫则是经过数小时文火慢炖的羔羊肉佐以大蒜和百里香，或腹中填满馅料的圣诞烤鹅。她想起小时候母亲严厉的注视，想起自己被迫吃光冬天糟糕的饭菜，盘子必须干干净净。于是她以同样的毅力迫使自己专心聆听布伦特夫人说的每一个字；她注视着她，温柔中带着赞许，显得兴味盎然，她热切地与她攀谈，表现出妻子们之间应有的那种刻板的亲密，希望以此卸下布伦特夫人的防备，让她宽心，免得她注意到格雷戈里夫人转向诗人时那种恨不得吞下他的目光。

那些傍晚，布伦特激情洋溢，有次甚至在晚餐桌上当场给《泰晤士报》写了封信，表达支持阿拉比·贝伊[1]，敦促英法放松对埃及的控制，他对威廉爵士百般哄诱，后者与《泰晤士报》的编辑自然是朋友，他希望爵士能向报社施压，促成这封信的发表，推动埃及解放事业。威廉爵士表现得沉默、警觉、淡然。这种态度很容易让布伦特以为他完全赞同自己，但事实上，布伦特只是忽略了异议。他们决定请格雷戈里夫人去拜访阿拉比·贝伊的妻子及家人，这样她就能向她的英国同胞们描述那家人是多么文雅可爱、值得支持。

她从贝伊夫人那儿回来的那天下午，天气热得异乎寻常。她得知丈夫正在熟睡，决定不去打扰。她去找布伦特夫妇，结果从女仆口中得知安妮夫人因为暑热难当，头疼得厉害，今天都不会出现了。那位诗人丈夫可能在花园，也可能在他写作用的房间，他常在那儿消磨午后时光。格雷戈里夫人在花园里找到了他。布伦特兴致勃勃地听她讲述拜访贝伊一家的经过，还打算给她看一首他早上为埃及解放创作的诗歌。她随他来到那间书房，而她直到进了屋、关了门，才意识到所谓书房不过是布伦特额外租下的一间卧房，室内陈设与格雷戈里夫妇自己的房间没什么两样，只多了张宽大的写字台，还有些书本和纸张散落在地上、床上。

布伦特一面为她读诗，一面穿过房间，拧上锁匙，仿佛这动作再自然不过，只是他朗诵新作时的习惯。他又读了一

---

1. 阿拉比·贝伊（Arabi Bey，1841—1911），埃及爱国者、革命家和军队领袖。

遍，然后把稿纸放在写字台上，走向她，抱住她。他开始亲吻她。此刻她心中只有一个念头——要想亲身体验什么是美，这或许是她此生唯一的机会。她就像一名游客，行经一座壮美的庙宇，感觉它不容错过，否则只会空留遗憾。她想这段关系反正不会持久，也算不了什么。同时，她也确信没人看见他们经过这道走廊；她断定丈夫仍在熟睡；相信没人找得到他们，而且此事他们今后谁也不会再提。

事后独自一人时，她一面仔细检查自己的皮肤和衣物，确保刚才没有留下痕迹，一面想着在这个炎热的下午，自己曾在紧锁的房间里与诗人布伦特赤裸相对，想着他曾以一种全然陌生的方式让自己发出迷狂的呻吟，感觉心惊肉跳。虽然她结婚还不满两年，却也了解丈夫的骄傲深入骨髓，明白他对冒犯自己的人是何等冷酷，深知他可以多么敏锐、多么果断。为了这趟埃及之行，他们把孩子留在英格兰，虽然威廉爵士明知与罗伯特分开会让她万分痛苦。假如威廉爵士得知她曾造访诗人的私室，那她可以肯定，他绝对会让她再也见不到孩子。或者，他说不定会继续与她生活下去，让她在他伤人的沉默和毫不掩饰的鄙夷中度日。又或者，他可以把她退回娘家。每道走廊上都用人如织，耳目众多。她觉得自己没被发现简直堪称奇迹。她敢说下次可不见得会这么走运。

在接下来那几周和回到伦敦之后，她发现，威尔弗里德·斯科恩·布伦特的诗才固然出众，但与他的偷情绝技相比却根本不值一提。他不仅会以种种大胆而出格的方式取悦她，而且能确保他们绝对不被发现。他神圣的创作需要绝对的宁静与独处以及他妻子都无权随意进出的房间。布伦特在紧锁的房间里写诗。这间额外租赁的屋子离他的住所很远，格雷戈里夫人意识到他之所以这样做，并不是因为这里更受缪斯垂青，而是因为它坐落在一条晦暗的小街上，靠近附近妇人们购物的街道。这样一来，无论上午还是下午，即使有贵妇进出这里，哪怕不是他妻子，也不会有人注意；没人会听到她在他床上呻吟；也没人知道她每次与他共度个把小时之后，都只会更加不知餍足，她不仅像游客那样走进了庙宇，还落入了它温暖的高墙，渐渐对它宣扬的美好教义产生了虔诚的信仰和深切的依赖。

她从没想过会被发现。威廉爵士白天通常很忙；他喜欢慢悠悠地跟老友吃顿午餐，或开会谈谈国家美术馆的事务，聊聊政治、金融。她逛街也好，访友也好，他似乎都没意见，只要她傍晚有空陪他出席饭局。他通常都冷淡而心不在焉。她想，这就好比，她丈夫是总理，她是他的内阁成员，有着自己的任务和职责，她丈夫对这次任命相当满意，而且似乎很高兴看到她既能履行职责，又不节外生枝。

但过了不久，在他们回到英格兰几个月后，她就开始担心事情败露。她倒不是怕被丈夫控诉或被逮个正着，而是怕随之而来的后果。譬如，她会梦见自己被遣回了父母位于罗克斯堡的宅邸，余生注定要像鬼魂那样终日在楼上的走廊里游荡。母亲打她身边经过，却不跟她说话。姐妹们来来去去，却像完全没看见她。用人们也与她擦身而过。她不时也会下楼，但餐桌旁没有她的椅子，起居室也没有她的位置。房间里挤满她的兄弟姐妹和他们请来的宾客，所有人都在高声谈笑、享用茶点，但无论她靠得多近，他们都对她视而不见。

有时，这个梦会稍有变化。她会出现在伦敦或库尔的自家宅邸，身边是丈夫、罗伯特和她的用人，但所有人依然对她视而不见，任由她凄惶、沉默而绝望地穿行在各个房间。儿子向她走来，眼里却没有她。夜里，丈夫在他们的卧室里旁若无人地宽衣解带，仿佛她根本不在眼前，然后他熄了灯，丝毫不顾她还衣着齐整地站在床尾。没人介意她像鬼魂一样侵扰他们的居住空间，因为根本没人意识到她的存在。

她明白自己不能心存侥幸，尽管威廉爵士白天时常不在家中，尽管只要她不至于挥霍无度，他毫不在意她如何消磨时间，但暴露的风险依然存在，因为朋友、熟人，甚至冤家对头都有可能怀疑她、跟踪她。再者，安妮夫人说不定也会找到那个房间的钥匙，来找她丈夫说什么急事，或是单纯出于好奇而突然造访。布伦特是谨慎可靠的，这她知道，但他也有狂热不羁、一触即发的一面。她想，在火冒三丈或难以自持时，他也指不定会说出什么话来，让人听出他与威廉·格雷戈里爵士年轻的妻子有染。她丈夫的故交遍布伦敦，只消有人在他的俱乐部留张字条，她就会被监视、跟踪。她意识到与布伦特的私情不能再继续了。时间一月月过去，她听由布伦特结束这段关系。她想最好是他厌倦了她，另觅新欢。嫉妒另一个女人固然痛苦，但也好过仅仅出于恐惧和谨慎，就拒斥那份深刻而令人满足的快乐。

此前，她从没认真思考过婚姻的意义。她曾模模糊糊地把婚姻看作一纸合约，甚或一场圣礼。它是既成事实，天经地义。而现在，每当在社交场合见到布伦特夫妇，或读到他的诗、听到他的名字，她总会为他们的恋情无人知晓、无法公开而心痛，感觉他们拥有的不过是一场虚空，一种缺失。她当然知道秘密一旦被说出口或暴露在外，她的生活就会毁于一旦。但随着时间的推移，它的不为人知反而让她浮想联翩，她开始津津有味、兴致勃勃地幻想嫁给威尔弗里德·斯科恩·布伦特会是怎样的情形，与他携手步入某间厅堂会是什么感觉，自己的名字公开与他连在一起会是何种滋味。那将意味着一切。相形之下，与他单独相处的时光似乎总是甫一结束，就显得毫无意义。过去，她的记忆曾是那样浓烈而珍贵，如今它却成了一个阴暗的房间，她徘徊其中，渴望点亮灯光、拉开窗帘。她渴望见光，渴望向全世界公布她隐秘的生活。同时她也清楚，只要她守口如瓶，这个秘密就会伴随她终身。她只能在黑暗中独自欢喜。

与他分手后，她不时会觉得那一切仿佛从未发生。它没有实质，也没有任何确证。别的女人，她想，大都有嘴严的密友可以倾吐这类秘密。但她没有。她还知道，在法国，人们会以某种方式隐晦地吐露这种事情。现在，她明白了原因。离开布伦特，她十分寂寞，但更寂寞的是想到这世界依然兀自向前，仿佛她从不曾爱过他。一切终会过去，时间会把他们的言行和感受变成往昔的阴影，不，其实连阴影都算不上，因为投下它的主体，如今只剩一片虚空。

于是她开始写诗，她现在有的是时间琢磨诗歌的韵律和格式。她会悄悄写下她隐秘的爱情，再收起诗稿：

> 我俯首亲吻这片土地，
> 我爱的他曾在此留下足迹，
> 那声音将我支配，予我启迪，
> 亲切胜过上帝的话语。

她提笔写下她的恐惧，写自己担心被人发现，惧怕随之而来的羞辱；她藏起稿纸，只在家中四下无人时才拿出来一读，回味自己的情事和它的意义：

> 就算那可怕的一天终成现实，
> 我深藏的秘密人尽皆知，
> 就算要我低头承受奚落和讽刺，
> 再袒露我所有的爱与羞耻，
> 我也不会学那些女人的样子，
> 玩笑、挥霍，等世人淡忘这场情事。

分手几个月后，听她说想再见一面，诗人答复得相当生硬，态度近乎冷淡。她猜他大概以为自己想重修旧好或找他理论，而她却只递给他一沓诗稿，还当即表明是她亲手所写。看到他如此惊讶，她心花怒放。他读诗时，她就看着他。

"咱们拿这些诗怎么办呢？"读完后，他问。

"以你的名义发表。"她说。

"但这显然不是我的风格啊。"

"那就去说服大家，说你为这些诗改变了风格。让读者相信你换了一种口吻。这样那些生涩的地方也就说得过去了。"

"没什么生涩的地方，诗很好。"

"那就发表吧，交给你了。"

他答应把这些诗收进他的下一本书，以自己的名义发表，仅略作了些改动。这本书在威廉爵士去世前六周问世。那几周，格雷戈里夫人顾及丈夫，没有把书置于枕侧，而是放在自己的书房；而且照料他时，她也的确做到了不去想那些诗。

作为他的未亡人，她清楚自己的身份，更清楚自己继承了什么。她以自己的方式爱过他，偶尔也会思念他。在想到丈夫时，她明确知道"爱""思念"这些字眼意味着什么。但一想到布伦特，她就什么意义都没法确定了，唯一能抓住的，只有她为这场情事写下的诗行。她读得很节制，多数时候并不把诗集带在身边，虽说夜里醒来总要读一读。只要这些诗能安安静静、神不知鬼不觉地藏身在书页间，陈列在购买新诗集的读者家中，散布在伦敦各个角落，对她而言就已足够。想到有人会读到它们，却对它们的来历一无所知，她感到宽慰。

她过起了孀居生活，照顾儿子，并且，在一段恰当的服丧期后，她又重返伦敦，开始与人会面，出入各种场合。她常暗自好奇，想知道这一屋子人或街上来往的行人中会不会有人读过她的诗，并曾为之困惑、心痛，哪怕只有一瞬间。

她很早就读过亨利·詹姆斯的书，那时他才刚刚崭露头角。事实上，她最初引起威廉爵士的注意，正是因为谈论《罗德里克·赫德森》[1]。她读过片段，却没有全书。他差人给她送去一本。结婚一阵子之后，她与威廉爵士同游罗马，在那里见到了詹姆斯，对他印象颇佳，因为他跟女人说话时态度严肃认真，连对她这样年轻土气的女人也不例外。她记得在罗马初次见面时，自己曾问他怎么能听任伊莎贝尔·阿彻尔嫁给那个可憎的奥斯蒙德[2]。他告诉她，伊莎贝尔注定要犯下愚蠢的错误，若非如此，故事也就不成其为故事了。他还说自己因为囊中羞涩，所以很享受赋予女主人公巨额财富的感觉。她当时就觉得詹姆斯亲切又睿智，而且丝毫不会让人觉得油腔滑调、居高临下。

丈夫去世后，她又见过亨利·詹姆斯几回，每次总会注意到他是何等克制，脸上的神色又是多么矛盾，自我掩饰的同时又将他出卖。他对她始终彬彬有礼，他们时常谈起孤儿

---

1. 《罗德里克·赫德森》（Roderick Hudson），亨利·詹姆斯 1875 年出版的首部长篇小说。
2. 两者均为詹姆斯经典作品《一位女士的画像》（*The Portrait of a Lady*）中的人物。

保罗·哈维[1]的遭遇,那孩子的母亲曾是他们共同的朋友。一天傍晚,她应莱亚德夫人之邀赴一场晚宴,惊讶地发现小说家也在;当晚的宾客主要是外交官、外宾、军人,还有几位无足轻重的政客。亨利·詹姆斯不该出现在这里,而格雷戈里夫人之所以出现,也不过是因为他们需要多请个女人,就像人们需要多备辆马车,或在洗手间多加条毛巾。她是谁并不重要,只要她能按时抵达,适时离开,轻言细语,而且完全不抢女主人的风头。

把她安排在亨利·詹姆斯旁边合情合理。在这个男人谈论政治、女人交换无知的夜晚,他俩都无关紧要。她盼着小说家在自己右手边落座。等她一打发掉左手边那位年轻的西班牙外交官,就要好好跟詹姆斯聊聊,问问他的创作情况。在他们所有人作古之后,她想,他是唯一会名垂青史的人,不过对那些有钱有势的人而言,或许欢度一个个傍晚、抛开这倒霉的念头才最重要。

西班牙人的手指引起了她的注意,它们修长漂亮,指尖上覆盖着圆润的指甲。这位外交官口音浓重,让她如坠云里雾里,她发现自己一有机会便会垂下眼睛去看他的手指,同时暗暗祈祷对方不会发现。她注视着他的双眼,边听边点头,但从头到尾只想知道现在低头扫视会否显得无礼,这次她想多看一会儿。她想着此时在伦敦附近某处,威尔弗里德·斯

---

1. 保罗·哈维(Paul Harvey)是詹姆斯的老友布兰奇·柴尔德的外甥和养子。

科恩·布伦特也在用晚餐，身边或许是他的妻子和几位朋友。她想象他伸手从桌上取走了什么，或许是一个水壶，此刻正在倒水。她在心中描绘他修长的手指、圆润的指甲，又想到他的秀发，想着那丝绸般的触感，还有他面部精致的骨骼，他的牙齿，他的气息。

她中断了自己的遐想，专心听西班牙人说话。她提出一个问题，他没听懂，于是她重复了一遍，简化了表述。她又抛出几个问题，认真听取了对方的回答，然后她如释重负地意识到，这场谈话终于可以结束了，她可以转向亨利·詹姆斯了，后者今晚似乎显得格外沉重，硕大的脑袋里仿佛填满了橡木或象牙。他们开始交谈，他用那双灰色的眼睛凝视着她，眼中闪耀着纯粹的理解，近乎爱意。她脑中掠过一个闪念，差点儿把自己和布伦特的事讲给他听，再暗示这是她一位女友到访埃及期间的经历，这位女友嫁给了一位年长的男士，却受到引诱，委身于丈夫的一位友人，一位诗人。不过她明白这种说法荒唐可笑，詹姆斯一眼就能看穿。

但她心中依然泛起了某种涟漪，那是她过去曾反复玩味的一个念头，不过已经有一阵子没去想它了。她想说出布伦特的名字，再看能不能设法问问詹姆斯是否曾读过他的作品，喜不喜欢。但詹姆斯正滔滔不绝地向她描述眼下寻访老罗马的最佳途径，因为罗马变化实在太大；他还传授了在罗马避开美国人的方法，他们人见人厌，没人想跟他们扯上关系。她要是打断他，或一等他说完就立即问他怎么看威尔弗里德·斯科恩·布伦特的作品，那他该觉得她多奇怪啊！他很可能根本就不读现代诗。要把话题引向布伦特，她想，恐怕并不好办，连顺带提一句都难。不管怎么说，詹姆斯已经在谈论威尼斯了，讨论着是下榻朋友家中比较好，还是自找住处、省得寄人篱下比较好。

他开始对比威尼斯诸位美国女主人的优势，评价她们的餐食好坏、客房大小、为客人提供的便利多少。趁这会儿工夫，她思考起爱情。詹姆斯叹了口气，说起主人的热忱，尤其是那种美式的热忱，是多么容易浇灭一个人欣赏古典美的热情，无论这位主人的宫殿是何等宏伟，她的贡多拉是多么精美、多么轻快。

等他说完，格雷戈里夫人不动声色地转向他，问他是已经听够了别人讲那种可供他用在小说里的故事呢，还是把它们看作创作中不可或缺的元素。他回答说，他回家后常会记下听来的趣事，有时，故事的雏形会来自那些最意想不到的人，而在另一些时候，它们则来源于那些最可想而知、他最求之不得的人。他说他喜欢从头塑造人物，但也乐意从真实存在的人身上取材，或许一点点就好，再为他们安排新的背景、缔造新的情境。生活啊，他说，生活才是他所用所需的素材。生活取之不竭。但当然，这还只是第一步，因为生活是稀薄的。

从前，伦敦有位德高望重的先生，她说，一位牧师，城中顶级晚宴的座上宾，一位饱经世故、广交朋友的绅士；一天，朋友们又惊又喜地得知，他终于结婚了。他的结婚对象是位端庄体面的淑女。但婚礼当天，就在他们从多佛横渡海峡前往法国加来时，他却发现了一张给她的字条，显然来自她昔日的恋人，而且，尽管她早已今非昔比，但写信者却毫不顾忌，依然放肆，言语热烈又亲昵。

詹姆斯听着，用心记下她说的每一个字。格雷戈里夫人发现自己在颤抖，感到有必要控制一下自己；她意识到自己必须放轻声音、放慢语速。她停下来抿了一口水，深知要是没法讲得从容不迫、事不关己，她就会说得太多，超出预先的设想。这位牧师，她继续讲道，深感震惊，而且，鉴于自己跟这女人结婚不过几小时而已，他决定一到巴黎就把她退回娘家，逐出门外，让她空有他妻子之名。他再也不会见她。

然而事实上，格雷戈里夫人接着说，二人抵达巴黎的酒店之后，牧师又改变了主意。他向他犯错的妻子，他受损的货物宣称，他会把她留在身边，但永远也不会碰她。他会让她住在自己家中，但不是以他妻子的身份。

故事接近尾声，格雷戈里夫人竭力露出轻松的微笑。她很高兴她的听众什么也没猜到。这个故事涉及英法两国，詹姆斯会认为那正是他最熟知的领域。他谢过她，说他今晚回到书房就把它记下来，希望今后可以加以丰富。有些微小的火花，他补充道，能引燃大火，而另一些则注定还没燃起就要熄灭，至于个中原因，没人能够解释。

见周围的宾客纷纷起身，她意识到自己已经不能再说，而回想起来，她其实也并没透露什么。她几乎有些后悔，怪自己没多讲些细节，譬如告诉詹姆斯写信的是位诗人，或讲讲信中那组诗歌和它们明白无误的主题，或透露这位妻子比牧师年轻三十岁以上，或者干脆说他根本就不是什么牧师，而是一位前国会议员，还曾身居要职。她还可以说这件事其实发生在埃及，而不是在去巴黎的路上。那女人事实上从没被发现，她慎之又慎，而且比那位遭到背叛的丈夫活得更长久。还有，无论是被退回家中，还是被他带在身边却敬而远之，都不过是她梦中的情形，是她的恐惧。

下次吧，她想，下次再有机会坐在这位小说家旁边，她就要悄悄塞个细节进去。她为此激动不已，而且完全明白原因。詹姆斯起身离席时，她获得了一种别样的满足，觉得自己向他托付了一个秘密，它或许确曾经过层层包裹，但起码它的大致形态是明晰的，就算他不这么认为，但对她而言确实如此，因为那件事刻不容缓，是她的燃眉之急，有了它，她的生命才有了意义。她向女士们走去，打算加入她们的谈话，同时心里轻松极了，因为她既保守着一个秘密，又得以吐露些许。总之呢，她想，这个傍晚还真是比意想之中有趣。

IS ANYBODY THERE?

有人在吗?

罗丝·特里梅因

ROSE TREMAIN

I

她和我一样,也是个寡妇,或者说她愿意让我这么认为。她给我看过一张褪色的照片,上面有个当兵的,穿着爱尔兰卫队的制服。"这就是我男人。"她说。

我问了几个关于他的问题,但她不想回答。她只说:"他是爱尔兰人,跟你男人一样。你能看得出来,对不?从眼神里。瞧他多苍白,跟水似的。不过再多我就没法说了。"

她叫内尔·格林伍德。大我十岁。是我在诺福克路那条偏僻岔道上的邻居。我们两家的农舍挨在一起,就跟原本是一栋房子似的,可她却说:"不不,房子从来就是分开的,是两栋。都是农场雇工住的农舍。买一赠一,懂吗?是住家用的。两边都是哭哭啼啼的奶娃和小孩子。一点儿不隔音。整宿都别想合眼。"

如今我们已是两个老妪,人生被我们抛在身后,像一场记不清又放不下的梦。我俩屋后都有个院子,中间隔了道尖木栅栏。夏天，我在自己那边种豆子、土豆和大黄。我还种了一圃明艳的花儿，有蜀葵、唐菖蒲和金盏花。我在铁丝笼里养了几只母鸡。一个来自东迪勒姆的人帮我用墙砖围了个庭院，我有时就待在里面，坐在一张帆布折叠椅上，听母鸡咯咯叫，听鸽子在树林里咕咕唱歌。

内尔那边长着荨麻、高草和野草，她说那是"上帝播种的"。私底下，我觉得内尔的园子丢了爱尔兰人的脸，不过她并不这么想，她喜欢这样。她说那是"大自然翻身做了主，不再任人摆布"。有时，我会看见她在园子里走来走去，不顾遍地的荨麻，还伸手去抚摸羽毛般轻盈的草叶，一副对它们满意极了的样子，然后她会采集剪秋罗的茎，把它们装进她厨房桌上的一只罐子里。她园子的尽头立着一个金属架，本来是红色的，现在却锈成了土褐色，下面挂着一架小孩子玩的秋千。我注意到内尔从不走近秋千，只站在几步之外看它——她会站着一动不动，好像看得入了神。

一天，我对她说："这秋千在你来的时候就有了吗？"

"噢，"她说，别过脸不看我，"不记得了，不过我想是的。我感觉它好像一直就在那儿。"

当时我们正站在各自的园子里，分处栅栏两侧。那是八月里一个炎热的上午，强烈的阳光照在我们身上，我看出内尔有些病殃殃的，眼睛泛红，皮肤发灰。我本来还想再问几个关于秋千的问题，但脱口而出的却是："你还好吧，内尔？"

她愤怒地盯着我，就好像我说了什么不中听的话。"还好吗?"她说,"我都这么大年纪了!都快九十了,你居然问我'还好吗'?问我这差三个月九十的老太太?耶稣啊。省口气吧,太太。"

*

以前有几回她也是这样:突然蛮不讲理,突然火冒三丈。我想,人要是独居久了,像我俩这样,大概就会在别人面前口无遮拦,不再压抑自己的想法和感受,变得有什么说什么。我知道自己有时会行为怪异,一副急需社区服务救助的样子;我会跟电视里的人对话,还朝他们扔枕头。我把我的鸡当孩子养。"亲爱的小鸟们,"我会说,"你们都是我的乖宝宝。"每个老人都有三四分疯癫,虽说疯法各不相同。是生活让我们变成这样:它把每个人逼疯。不过在那个八月的夜晚,也就是栅栏边那一幕当天晚上,发生了一件特别疯狂的事。

半夜三点,我被自家的门铃吵醒。

天还黑着。我从衣橱里取出猎枪。我一直把它擦得锃亮,上了膛,怕万一有狐狸来偷我那些宝贝母鸡。我蹑手蹑脚地下了楼,手里握着枪。到了门口,我喊道:"谁呀?是谁?"

门外那人沉默片刻。夜里很热,我感觉汗水顺着我的脊背缓缓往下爬。随后传来内尔的声音:"让我进去,太太。我来救你了。"

我关上保险,把枪靠在伞架上,开了门。内尔站在门口,头发乱糟糟的,穿一条破破烂烂的睡裙,一双眼睛瞪着我。"我还以为得破门呢。"她说。

"破门?"

"我以为你给困在屋里了。"

"我为什么会困在屋里?"

"你在敲墙呀。我一下就惊醒了。开始我还想不出那是啥。后来一想,哦,老天,肯定是她一个人在隔壁求救呢。所以让我进去吧,我好看看你犯没犯脑出血。"

我开了灯。内尔用力推开我家大门,进来站在我狭窄的门厅里,她家的门厅也跟这一样,其实根本算不上什么门厅,只是正对楼梯的一小块四方形空间。她向我伸出双臂,把胳膊搭在我肩上说:"好了,太太。你说说看。"

我目瞪口呆地看着内尔。

"说啥?"我问。

"你是说你不知道?你平白无故把我吵醒了!敲敲敲敲个没完,难道是敲着玩儿呢?"

我离开她,坐到楼梯上。

"我正睡着呢,你就来拉门铃了,"我说,"我啥也没敲啊。"

"嗯?"内尔说。

"我没敲你的墙,内尔。"

"那好,"她说,"这两栋房子的构造我最清楚,你的卧室在你楼梯右边，我的在我楼梯左边，所以我们之间只隔着一面所谓的墙，也就是几根板条和一点儿灰泥。我有时都能听见你打鼾。我可没瞎说。所以咚咚声一响，我就知道是你。别装了。总之我过来了，知道吗，这叫见义勇为。"

我揉揉眼睛。背上的汗水正在蒸发，我有些发抖。

"谢谢你赶过来，"我说，"但我保证没敲你的墙。"

"那你肯定是梦游了。咚咚咚三下。停一停，然后又是咚咚咚三下。而且可大声了，我他妈的一下就从枕头上弹起来了。"

我无言以对。

*

事情就这么开始了。

有些夜晚风平浪静，我还能睡个好觉；但在另一些夜晚，我却一次次被吵醒，不是夜里三点就是更晚，内尔每次不是拉我的门铃，就是用什么东西敲我的卧室墙板，听上去像是榔头，还一边喊："停下！停下，太太！赶紧停下，否则我要告你扰民了！"

夏天还没过完。内尔园子里的荒草和荨麻实在太高，几乎遮蔽了秋千。而且，自打怪我敲墙那天起，她就再没去园子里散步。我每次待在园子里时，总会朝内尔那边张望，发现里面已经长满了蓟草,我总希望能看见她在那儿,希望我们能在阳光下清醒正常地交谈,但她却把自己关在房子里。

我决定送她些鸡蛋。虽说我们都是独居,但作为邻居,我们还是很关心彼此。因为,干吗不呢?

不知为什么,不养鸡的人总喜欢棕壳蛋而不是白壳蛋,就好像棕壳蛋更有味道(完全错误),所以我挑了六只棕壳蛋,把它们放进一只蓝色的瓷碗。我觉得这么摆好看极了:浅棕配青蓝。

内尔没有门铃,所以我只能敲她的门。她开门就说:"我就知道是你。你,还有你的咚咚咚!又怎么了这回?"

我捧起装鸡蛋的碗。"给,"我说,"昨天刚下的。"

内尔脖子上围了一条磨旧的棉围巾,她把围巾提起来挡住嘴。"我眼下吃不了多少,"她说,"说不定都没空儿煮它们。"

她看上去消瘦而疲惫。我越过她的肩膀,看见楼梯上满是她的东西——衣物、鞋子、杂志、药瓶、一捆捆信件——她好像决心清空她所有的抽屉,把东西一股脑儿全倒在那条绿瀑布似的楼梯毯上。她看见我在瞧那些东西,于是转向它们。"我在找一样东西,"她说,"到处都找遍了,却怎么也找不着。"

"你在找啥?"我说,"我能帮上忙吗?"

"好啦,"她说,"你问得真傻,太太。我要是知道自己在找什么,还能找不着吗,你说?"

她勉强挤出一个笑容。"让我进来给你煮个蛋吧,"我说,

"你喜欢什么火候?"

"四分半钟!"她不耐烦地说,"什么都不能超过四分半钟,多一秒我都受不了。"

我们进了门,来到她的小厨房,它就像我那间厨房的镜像,只不过台面上挤满了锅碗瓢盆,都是内尔从橱柜里翻出来的。

"这儿你也找了?"我说。

"当然啦,"内尔说,"每个房间我都找过了。"

我泡了壶茶,煮了两只鸡蛋。我想内尔要是看到我吃,说不定也会想吃。

她在一张富美家塑料小桌上清出一块地方,我们面对面坐着,开始喝茶。内尔敲开鸡蛋顶部,凝视着它。"在爱尔兰,我家养过鸡,"她说,"那会儿我还没出嫁。我们有一只公鸡,尾巴是蓝黑色的,喜欢在园子里雄赳赳地踱步。它自以为是科克郡之王,它的确是,于是我就想,我也想像它一样——当某个地方的国王,或者女王什么的,我对性别不怎么敏感。不过最后都没实现。"

"人生不如意事十常八九。"我说。

"太对了。十常八九。"

她吃了一小口鸡蛋,像婴儿那样吮吸。我啜了一小口茶。就在这时,内尔突然定住不动,脑袋歪向一边,仔细听着什么。

"来了!"她说,"又来了!听见了吗?"

"听见什么？"

"咚咚咚啊。"

这些年来，我的听力每况愈下。要是安安静静地坐在庭院里，我倒还能听见鸡叫、鸽子叫和林间的风声，但有时候我却不得不把电视音量调大，好听清里面的声音。眼下，我屏住呼吸，终于听见内尔门上传来一阵"砰——砰——砰"的声音。

"有人在敲你的门，内尔，"我说，"兴许是邮递员。"

"噢，"她说，"噢……"

她站起来，用餐巾擦擦嘴唇，走到门口，把门打开一条缝。我跟着她走进小小的门厅，等着门外传来邮递员雷吉快活的声音——他对工作极其上心，不会遗忘或弄丢任何一封邮件。但门口没人。内尔把门完全打开，我俩一起走进小小的前院，朝路上左看右看。

"没人，"内尔说，"但你听见咚咚咚了。"

"听见了。"

"没骗你吧。"

"没。"

"可这次是在门上，不是墙上。什么意思呢？"

我抓住内尔瘦骨嶙峋的胳膊。"不知道，"我说，"但我能确定一件事，内尔。敲门的不是我。对吧？我在吃鸡蛋呢。"

内尔盯着我。"没错，"她说，"没错。"

"而且听着，我以所剩不多的性命担保，夜里敲你卧室墙的也不是我。"

九月已接近尾声，寒风突如其来地造访了我们这条寂寥的岔道，诺福克的松树被它抽打得枝叶摇撼，发出阵阵悲叹。一阵风冷不防地吹来，掀动我们的衣服，我们能听见秋千生锈的链条在挂钩上吱吱作响。

"哦，"内尔说，"是秋千在跟我说话呢。是秋千，太太！我找来找去，却根本没想到它。我就差那儿没看了啊。"

"行吧，"我说，"咱们要不先把鸡蛋吃了，再去秋千那儿看看？"

"不，不，必须现在就去。一分钟都不能耽搁。"

我们绕过内尔的房子，来到后院，"上帝"在里面种满了芬芳的野草。我听见内尔家的房门在我们身后砰的一声关上了，我们应该被锁在外面了，煮鸡蛋会在杯子上冷掉，但内尔毫不在乎。

我们一路拨开高草和酸模茎。头顶的天空似乎在逐渐转暗。秋千前后摆荡，仿佛被一个大胆的、看不见的孩子越荡越高。

"瞧那个。"内尔说，"那玩意儿简直邪了门儿了，从没这么邪门儿过。"

内尔走到秋千旁，伸出一只胳膊想阻止它，可秋千却乘着风势全速撞向她，击中了她的太阳穴，打得她仰面倒进了乱糟糟的草丛。我大喊一声。秋千在链条上尖叫。内尔倒在地上，瞪着天空，像个死人。我稳住乱飞的秋千，然后走到

有人在吗？ | 55

内尔身后，俯下身子，小心翼翼地把她往后挪了挪。然后我又跪下来，拾起她的手，感觉它冰凉冰凉的，像冬天田野里的一块石头。

"内尔，"我说，"能听见吗？"

她的嘴唇微微翕动，好像有话要说。

"内尔，"我又说，"能跟我说句话吗？"

她依然瞪着天空，这时，空中开始落雨，豆大的雨点砸在我们身上。我扶起她的肩膀，让她把头靠在我腿上。我看着雨水像圣油一样冲刷着内尔受伤的前额。我轻抚她的脸，抹去圣油。

"是谁？"她说。

她多瘦啊，比孩子都轻。我抱着她穿过草丛，跨过低矮的尖木栅栏，从后门进了我家。我听见母鸡们一看见我就冲向鸡笼，把我怀里的老妇人当成了一袋粮食。"去去，乖乖们。"我说。

我在厨房里歇了口气，把内尔放在地板上，找来一只靠垫给她当枕头，又给她盖上一条毯子。我给她的伤口上了碘酒，替她包扎好脑袋。她的眼睛滴溜溜直转，似乎想知道发生了什么。

我本想打999叫辆救护车，却不知为什么没打。所谓"不知为什么"，其实就是我这辈子从没打过急救电话，害怕那只是传说中的号码，是臆想出来的东西，电话那头其实根本没有人。它会响啊响啊,但没人会接。

相反,我上楼进了自己房间,点燃煤气炉,理好床铺。然后我回到内尔身边,她看上去像是睡着了,我抱起她,感觉她沉甸甸的,不是睡着就是死了。

我吃力地爬上楼,开始心口发痛,两腿发软,但我坚持了下来,因为我一直想成为这样的人,像邮递员雷吉那样一往无前,无论工作多么艰巨,条件多么恶劣。

我把内尔放在我床上。天花板很低——跟她那边的一样。过了一会儿,内尔抬起手臂,仿佛想触摸它。

"这样我起码能知道你没死。"我说,如释重负地笑了。

内尔盯着我。她把胳膊放下来,摸到墙壁,用力撑着它。

我坐在床尾。我瞧着内尔,心想,我得把她接过来了。她的门关上了,鸡蛋也冷在杯子里。我得管她了。

2

内尔这辈子有个秘密,它尘封已久,她只能一点点让它重见天日,艰难地寻回记忆,就像考古学家艰难地解读出土的骸骨。

她躺在我床上讲,我坐在床边听。我不时会提个问题——不过只在我认为她能回答时才问。大多数时候我都保持安静。她有时会在安静中睡去,我就轻手轻脚地走进厨房,给她煮点儿汤，或者偶尔弄点儿爱尔兰炖菜，放上羊颈肉、蔬菜和薏米。她说，在科克，他们每个周日都吃爱尔兰炖菜。"我们就指着这道大众菜活着了，"她说，"吃着羊颈肉和胡萝卜，我心里美滋滋的。"

她又从炖菜讲到了她那个爱尔兰卫队的丈夫，"所以，"她说，"他从不是我真正的丈夫，因为他在英格兰已经有妻子了。你敢相信吗？"

"我信。"我说。

"所以后来他就离开我，回这儿找他妻子了。我只好待在爱尔兰，跟我妈相依为命，吃炖菜，在工厂做工，用羊毛给阁楼做隔热层。可你知道被爱人抛弃，心有多痛吗？我实在受不了那种痛，就辞了工，坐船来了英格兰。我想找回我的男人。我知道他们部队驻扎在诺福克附近，就到处找便宜的房子，然后从一个老甜菜农手里租下这地方，那人好像叫厄尼啥的。他手抖，比我在科克郡的邻居都要呆，但人好。

"你那边农舍是空的，从战前起就一直空着。里面啥也没有，只有一张床在咱们这间屋子：也就是你的房间。它让我想起爱尔兰那些废弃的房子，都是大饥荒[1]时被人遗弃的，多少年来，它们被洗劫一空，最终土崩瓦解，再也没有人回去住过。"

"那么，"我说，"你男人呢？你找到他没？"

---

1. 爱尔兰大饥荒，也称马铃薯饥荒，发生在1845年至1852年间。

内尔一巴掌拍在她没受伤的太阳穴上。"男人啊!"她说,"找是找到了,但我俩怎么都合不来。所以后来我就彻底放弃了。离开他之后,我再没找过别的男人。他们只会让你一点点崩溃,直到你觉得自己什么也不是,除此之外,他们还会干什么呢?"

过了几天,她说不想再麻烦我了,提出要回自己那边去,但她还很虚弱,受伤的脑袋还昏昏沉沉的,而且不管怎么说,其实我不想让她回去。我喜欢照顾她。这让我的日子有了奔头,比种花和养鸡管用。

我并不介意她占用我的床。我铺好隔壁房间的小床,睡在里面。

她几乎没出过我的房间,除了上洗手间或洗澡。一天,她让我帮她洗头,我拆下她的绷带,小心翼翼地给她抹上洗发水,再吹干她脆弱的发丝,给她戴上软发卷。在我拆掉发卷、替她梳头时,内尔笑了,就像一个年轻女孩对着镜中焕然一新的自己微笑。接着,她说:"我刚想到一件大好事,太太。自从我住进你家,那个该死的咚咚咚声就再没响过。可我不明白为什么。你觉得呢?"

"我不知道,内尔,"我说,"那会不会是你的幻觉呢,嗯?"

"可你也听见有人敲我门啊,就在我摔倒那天。"

"没错。但那说不定是野兔巷那间平房里的小崽子呢,敲了你的门就跑到一边躲起来了?"

"有可能。我觉得这也说得通。所以那次是真的,但敲墙是我的幻觉?"

"我不是这个意思,反正我知道你以为敲墙的是我,但真不是。"

"除非你梦游。"

"是啊。可那样我岂不会把自己吵醒吗,啊?"

"唔,那可不一定。真的。你没听说过有些人还做着梦呢,就走到窗前跳下去了,到死都没醒过来吗?"

大多数日子里,她都会跟我说她想找一样东西。她说她梦见自己找啊找啊,她说自己在梦里管那件找不着的东西叫"伤心事"。"可那究竟是什么呢?"她说,"我为什么会这么叫它呢?我会找到它吗?"

"我不知道,内尔。我在想,你要找的会不会就是陪伴啊,而且你现在已经找到了——你找到了我。"

她沉默了,严厉地看着我,就跟不认识我似的。接着,她说:"我一直叫你'太太',对不?叫了这么些年了。你是没有名字还是怎么的?"

"我有名字,"我说,"可你不一定会去记。"

"那倒是,"她说,"还真不一定。或者更糟,说不定我还老搞错。那样咱俩可就乱套了。"

这之后又过了几天,一天半夜一点,她叫我过去,我走进她房间,见她跪在我床上,抚摸着墙壁,把脸贴在上面。墙上贴着女孩子气的墙纸,画着野花编织的小小花环。

"就是这儿,"她说,"我想起来了!我看见月光照在这些野草上,就一下子全记起来了。"

"'伤心事?'"

"嗯。从头到尾都记起来了。因为她当时就在这儿。就在这个位置。"我坐在床尾。屋里冷飕飕的。

"谁在这儿?"我说。

"凯蒂,"她说,"后来他们说她根本不叫这个,但我是这么叫她的,她也是这么答应的。她在我这儿一直是'凯蒂'。她就是这么找到我的——敲墙。"

她一动不动,脸和手都贴在墙上,我没去动她,让她保持那个姿势,同时拽出我的晨衣往外走。我对她说我去弄点热饮来,然后下楼煮了牛奶,做热巧克力。

我把热乎乎的巧克力放在她的床头桌上,打开台灯,它投下一小圈暗黄的光。"好了,"我说,"给我讲讲凯蒂吧。"

她很难开头。她说她得从最后开始讲,从"伤心事"已成定局那会儿开始。

"那时我在坐牢,"她说,"不记得坐了多久。几个月还是几年。罪名是绑架。监狱里简直一刻不得安生,知道吗?完全没有安静的时候,晚上也有人尖叫。"

"你想来口热巧克力吗,内尔?"我问。

"不,过一会儿,等我把这段讲完,监狱这段。后来,我

有人在吗? | 61

又回到了农舍。算了,还是直接讲农舍吧,监狱的事我开不了口。从来开不了口。

"但我还记得自己走回家,发现什么都很脏,因为那栋可怜的房子根本就没人来过。那个脏啊!而且我自己也很脏,一身监狱味儿。我生上炉子,烧了点儿热水,水热之后,我就在浴缸里泡了好几小时,想洗掉身上那股臭味。我一直攥着一只黄色的塑料鸭子,是在浴缸边上找到的,那是凯蒂以前的东西。那破玩意儿在水里从来立不住,我俩就笑啊笑啊,它一倒我们就笑——笑个没完。凯蒂笑得真好听啊,我以为那声音会一直在耳边回响,印在我心上,永远不会消失,但它还是消失了,知道吗?没了。全没了,只有我还在找来找去。"

"来吧,"我说,"喝点儿巧克力。"

她照做了。她说自己向来无法抵挡甜的东西,小时候在爱尔兰实在没怎么吃过。"有时候,"她说,"太阳打西边出来,我妈会给我买一支冰激凌,我就总想尽量吃得久一点儿。结果我每次都等得太久太久,冰激凌全都化成了水,流得我一胳膊都是,然后我妈就会说:'瞧见了吧,你根本就不想吃,是不是?你还把套头衫弄脏了,又浪费六便士。'"

"凯蒂呢?"我沉吟片刻,问,"她喜欢吃冰激凌吗?"

"哦,喜欢呀,"内尔说,"她在儿童之家从没吃过——她五岁被送到那儿的。他们根本没好好养她。她多瘦啊。我说她是我的蓟绒姑娘。她来我这儿时是八岁,但看上去不到这个年纪,个子太小了。我从收留她的第一天起,就想尽办法给她弄好的吃。土豆、派、火腿、焗豆、牛奶、蟹肉酱、巧克力脆片。有时我们还在外面的高草丛里野餐：吃熟鸡蛋和火腿三明治，锡纸包的三角奶酪，还用那只棕色的旧罐子装苹果酒。她多喜欢那个呀！她会说'内尔奶奶'——她就是这么喊我的，内尔奶奶——'我像在天堂一样'。"

"所以凯蒂是孤儿咯，嗯？"

"不。她不是。从头到尾最可惜、最荒唐的就是这个。她属于那种孩子，当妈的疯了或者酗酒，没法照管她，所以她才被送进福利院。但那地方很糟糕，那个所谓的儿童之家。就在迪勒姆过去一点儿。你没准儿还听说过吧？他们为了省钱就让孩子们挨饿，孩子们有一半时间都被锁在房间里，根本呼吸不到新鲜空气，也闻不到田里马匹的味道，听不见知更鸟唱歌……

"凯蒂在那儿待了三年。他们不教她读书写字，她什么也学不到。一天夜里，她偷偷溜走了，身上只穿了一件红大衣。你能想象吗？黑灯瞎火的，小凯蒂穿着红大衣，自己走了十英里。她走啊走啊，后来实在又累又冷，感觉必须躺下来。所以她就进了你的农舍——就是这间，当时它破败极了，房顶都快掉下来了——然后她上了楼，就在这张床上睡下了。接着，黎明时，她就敲我的墙了，那时窗外刚透进点儿亮光。"

内尔用装巧克力的杯子暖手。她一动不动，就好像只有绝对静止，她才能记起那些尘封已久的往事。我一言不发，等她继续讲下去。我听见屋外传来猫头鹰的啼鸣。

"我收留了她。换了你会怎么做,太太?我告诉她,跟我在一起很安全,再也不用回儿童之家了。我给她洗澡,想给她暖暖身子,她就是这时给我看了她带出来的那只小黄鸭。她说那是唯一只属于她一个人的玩具,既没被偷走也没被没收。我们把鸭子放进水里,让它跟着水波起伏,看它不断翻倒,就这样,我听到了她的笑声。

"我家里有吃的。我一直把火腿挂在壁炉上,像在爱尔兰那样,烟熏过的火腿能保存更久。我把它们挂在那儿,可能因为总以为我男人说不定哪天会回来吧。真要说女人傻,也就这点傻!整天琢磨男人爱吃啥,想靠这个让他回心转意!男人还是回他老婆身边了,从没真正离开过她。我花了好几个月买火腿、熏火腿。什么样的傻瓜会干这种事啊?"

"熏火腿是美味啊。"

"说得没错,太太。确实是。所以凯蒂就有的吃了。她就坐在我厨房里,喝牛奶,吃上好的火腿,就着面包和黄油,我对她说:'要我帮你联系谁吗,还是你想跟我住一阵子?'她一开始什么也没说,但吃完火腿,她就说她想睡了。我带她上楼,让她睡我的床,她把小黄鸭贴在脸上睡了,到了早上,她说想跟我住,再不回外面去了,因为这世上没人想要她。"

内尔放下喝空的杯子。她倒回枕头上,说她得睡会儿了。她说她记起了太多事情,它们快从她脑袋里溢出来了,她说记忆能在脑中爆炸,像硫黄那样炸得又猛烈又持久,让你以为你的眼睛里正流出岩浆。

她说不出凯蒂跟她住了多久。可能有一年多,因为凯蒂整个夏天都在玩那架秋千,接着就是夏末了,这条路两旁的橡树上落下许多橡果,小女孩喜欢把它们捡来,用鞋油擦亮,在窗台上摆成一排。然后又是冬天了,不过内尔会在农舍的客厅里点起炉火,又买来书和笔,教凯蒂读书写字。"她学得吃力,"内尔说,"因为他们连最基本的都没教过她。但她画画真叫厉害!简直是个小艺术家。她画的橡果上完色,看着就跟真的似的,她还画了一艘三桅帆船,漂在碧蓝碧蓝的海上。有一回她画了我,在我头上加了光环,肩头加了翅膀。"

我不得不问她有没有人来找过凯蒂。我眼看她一听这话,脸唰地白了。"有,"她说,"而且报纸登得铺天盖地的,说儿童之家有个女孩失踪了。可你瞧,太太,他们找错目标了:他们要找的是尸体。他们以为凯蒂被人拐走杀掉了。我想告诉他们:'别以为这是电视上那种白痴警匪肥皂剧。谁也没死。凯蒂只是想找人照顾她而已,她找到了她的内尔奶奶。'"

"不过当然啦,我什么也没说。他们派来个年轻的女警察,看着跟女学生似的。我不准她进来,叫她走开,别拿那些破事来叨扰别人,我看见她羞得满脸通红。我知道凯蒂在后院里玩秋千呢,离这儿远得很。我就对女警察说,我一个人住好多年了,也没当过妈,她怎么就以为我能受得了客厅被小孩子弄得乱七八糟呢。我说我会做最好吃的爱尔兰炖菜,问她想不想学,她就走了。她肯定觉得跟这么个能从谋杀案聊到做饭的人闲扯是浪费时间。她要是绕到我屋后,就会看见那架秋千,看见凯蒂在上面玩,可她根本懒得去看。我觉得她一点儿也不会办案。"

内尔跟我说她向来没什么钱,只有国家发的一点儿救济金,但她还是去东迪勒姆的一家义卖商店给凯蒂买了衣服。傍晚,她俩会乘着暮色散步,听雉鸡在田野里咯咯叫。她说一切都很好,幸福极了,直到那天,巴贝奇姨妈突然从天而降。

"巴贝奇姨妈是谁?"我问。

"巴贝奇姨妈啊,"她说,"就是我妈的妹妹,芭芭拉。我们一直都叫她'巴贝奇'——原因已经忘了。我猜是因为我们开始叫她'巴贝',后来自然就加了个'奇'。人有时候会把名字简化,有时候又会往里加字,谁知道这种小把戏有什么意义呢?

"我还是个小姑娘时,巴贝奇姨妈挺照顾我的,偶尔会从海边的售货亭给我买棒棒糖。但我离开家的时候她还在爱尔兰。我以为再也见不到她了。可她就是这么个女人,喜欢给人惊喜,她站在我门前的时候,脸上全是藏不住的喜悦。

"那是数九寒天里的一个下午,我跟凯蒂正在火炉边画画儿,所以我的宝贝姑娘可不就冲到门口去看谁来了嘛,结果巴贝奇姨妈就问:'内尔,这孩子是谁啊?'

"我不知道该怎么说。我爱巴贝奇姨妈。我想把事情一五一十地告诉她,但我知道这不行。我说凯蒂的妈妈病了(这当然不假,虽然已经过去很久了),那女人养病期间,她就由我照顾。

"巴贝奇姨妈进了屋。她带了个箱子,是那种老式的硬纸壳箱,不过上面有真正的锁,你一拨那个小插销,箱子就会像小丑盒子一样弹开。她问我收没收到她的信,我说:'哪有什么信啊,巴贝,也许因为我们换了个邮递员吧,他叫雷吉,可能还不知道这片地方归他管。'她说:'那太糟啦,内尔,不过你不介意的话,我准备在这儿待上两个星期。我在英格兰人生地不熟,所以你最好照顾照顾你姨妈,给我讲讲这儿的风俗,要不我估计会在英国的大雾里迷路呢!'她最爱开玩笑了。凯蒂一下子就喜欢上她了,立刻把自己画的海盗啦,青蛙啦,渔船啦,拿给她看,还有我头带光环的那幅画,她俩立刻就成了朋友。

"那晚我一宿没合眼,纠结要不要向巴贝奇姨妈坦白。问题是,太太,我觉得自己没做错什么,一切都很自然,但我明白外人会怎么看:他们会觉得我绑架了凯蒂,偷走了她,剥夺了她的生活。可事实正好相反。她过去在儿童之家哪有什么'生活'啊,只有漠视和伤心。她闯进我的生活,就像夏天里忽然吹来的一阵凉风,可这没人能理解啊,不是吗?"

一想起凯蒂,内尔就打开了话匣子,不停地讲,想一股脑儿倒给我听。她说她脑袋里在放电影(她读成"菲林"),她必须不停地讲,直到电影放完为止。可我看出她其实已经讲累了。那天,她的胃口好像变差了,还沉沉睡了好一阵子。

我说要不先到这儿吧,今天先讲到巴贝奇姨妈来访,可她说不,她一定要讲后面那段,"伤心事"开始的那段。

她说:"巴贝奇姨妈灵光得很,知道吗,太太?她看出凯蒂已经跟我住了好一阵子,一天夜里,巴贝奇跟我喝着白兰地和姜汁酒,从我这儿套出了实情。听完,巴贝奇对我说:'咱们家族可有犯罪史啊,内尔,咱们是十恶不赦的爱尔兰人,要是你不去社区服务中心坦白这件事,他们就会这么说你。因为警察迟早会找到凯蒂的。'"

"我当场就拒绝了。我说凯蒂现在过得很开心。她有秋千、园子和花。为什么要送她回去过那种不幸的日子,夺走她的未来呢?可巴贝奇姨妈说:'你们没有未来,内尔·格林伍德,这你是知道的。那孩子应该去上正规的学校,过正常的生活,所以你明天就去坦白一切,否则我就替你去。'

"我一想到要失去凯蒂就难过,这她能理解。她暗示要是社工听了我的故事,他们知道凯蒂跟我在一起很开心,知道我很关心她,他们或许会让她继续跟我住在一起,只要我肯送她上学。

"可她这么说,只是为了哄我去那儿,让我把我干的事交代干净。巴贝奇姨妈知道凯蒂会被带走,孩子也确实被带走了。走的时候,她穿的不是那件小小的红大衣。那件衣服早就小了。但在我心里,她就是那么走的:在警车里越来越远,穿着她那件红大衣,趴在后车窗上向我挥手,哭得小脸都花了。

"就是这样了,太太。后来的事我也懒得讲了,无非是我被逮起来，被安了些莫须有的罪名。你能想得到吧，嗯？然后我就进了那座闹哄哄的监狱。他们不许我看凯蒂，这辈子都不行。我就想啊，好吧，这样的话，我只希望自己别活太长。

"可你瞧，我却活了这么久。你说怪不怪？我看我完全可以拿你打狐狸的那把猎枪一了百了，但我却没那么做。你对我好啊，太太，我不想脏了你厨房里的油布。可自从凯蒂走的那天起，我就真觉得活着再没什么意义了。我想可能就因为这个，我才这么久没想起这件事吧，直到又听见那个咚咚声。真难想象我怎么还在人间。我感觉我的心早就不在了。"

*

后来，内尔死了。

葬礼上没有别人，只有我和牧师，教堂里静得令人窒息。但我心说，内尔肯定不会介意，毕竟她那么讨厌闹哄哄的监狱。门外就是村镇绿地，我能听见孩子们在那里玩转椅、荡秋千的声音。

CANADIANS CAN'T FLIRT

加拿大人不会调情

乔纳森·科伊

JONATHAN COE

马丁早早从马斯韦尔山出发,提前半小时就到了银行站,见时间充裕,他索性开始在附近街上闲逛,不久便迷了路。他很少来金融城,而且就算在最佳状态下也不大认路。何况今晚,氤氲的雾气弥漫在每道转弯、每个街角,把这个神秘莫测、亦古亦今的城区装扮得愈加朦胧,浓雾盘绕在立柱和灯柱上,蛇一般潜入狭窄的巷陌和街灯下的走道,完全剥夺了他的方向感。晚上空气清冷,夜空早已一片幽蓝。车辆变得稀少,只有出租车疾驰而过,货运卡车偶尔闪现。马丁记得那家餐馆就藏在一条特别幽暗的街道尽头,但眼下他却遍寻不着。这一带的街道让他晕头转向。每转过一个街角,他似乎都会看见一家不同的"EAT"快餐店或者"即刻食用"快餐店,店内灯光昏暗,店员正在清扫、锁门。或者那其实是同一家店?很难讲,它们看上去完全一样(估计店家要的就是这种效果)。他唯一确信的是,自己虽说提前到站,但赴宴却要迟了,这可太糟糕了,因为这样他就只能最后入席,坐哪儿是哪儿了。能坐到莱昂内尔附近就算运气了,而要想坐在赫米奥娜身边,他得加倍走运才行。

终于，地铁站明亮的指示牌出现在马丁面前，他发现自己绕了整整一圈，低声咒骂一句，匆匆赶往目的地。那种熟悉的焦虑感再次袭来，他的胃仿佛皱缩成一团。社交场合总让他紧张，尤其是与工作相关那种。当然，他很清楚，自己能受到邀请就不错了。请柬是周末发来的，电子邮件，只比晚宴时间早了三天——公关的意思再清楚不过，他只是临时增补的客人。可他没资格抱怨。十年前（其实不妨说，已经快十五年了），他还是文学界一颗冉冉升起的新星，他的壁炉架上堆满请柬，晚宴排满一周七天。但时至今日，他可不能再挑挑拣拣了。他的首部——也是唯一的——长篇小说，出版已近十年，它遭到了评论界的敷衍和读者的冷遇。他的文学报道曾充满破旧立新的生气，一度被奉为必读，近年来却沦为千篇一律的客套。他这颗星星早已不再冉冉升起，甚至不再高挂苍穹。毫无疑问，他在陨落。所以，他想，今晚就算势必场面尴尬——那简直是一定的，但他起码还有饭局可赴，总好过独自在家挨过又一个夜晚，百无聊赖地浏览推特首页，试着不去想与自己失之交臂的一切。

没人注意到马丁，他走进餐厅，发现里面布置得喜庆而不浮夸。这间餐厅一年四季都布置得整洁舒适，充满奇思妙想，让人感到宾至如归，室内空间被分隔成一个个隐蔽的角落，狄更斯式的氛围呼之欲出。事实上，要不是这么难找，这里准会成为游人趋之若鹜的胜地。今晚，火焰在炉格中熊熊燃烧；烛光在餐桌上跃动，精致小巧的冬青花环簇拥着蜡烛；沉重的镀金画框上缀满金箔；圣诞颂歌在微型音响中不断循环，音量极小，只在宾客们短暂沉默的间隙浮现出一两段耳熟能详的歌词和旋律，其余时候都淹没在满室嗡嗡的谈话声中。人们兴高采烈地交谈，不时爆发出阵阵欢笑，声音大都来自一处隐蔽的凹室内一张满满当当的十人餐桌——马丁意识到，自己要坐的正是这桌。

其余九人都已落座。马丁的首要目标——赫米奥娜·道斯，坐在餐桌中部，两侧各有一位宾客，让人无法接近。她背对着他，他一眼望去，只看见她丰美的金色鬈发，赤裸的手臂和香肩也同样金光闪闪，在烛光的映照下熠熠生辉。他走过去，她笑盈盈地转过脸，飞快地说了句"你好，马丁"，但既没起身也没与他亲吻。说实在的，他还能指望什么呢？他们其实鲜有交集。赫米奥娜虽说是文学记者出身，但如今主要撰写政论时评专栏，也就是说，她早已改换门庭，跻身更加有趣、更炙手可热的圈子。况且近一两年来，她审时度势，与昔日同僚唱起反调，迅速从一众毫无新意的自由派中脱颖而出。她不仅坚决支持英国脱欧，还公开支持唐纳德·特朗普。乘着这股风潮，她的事业风生水起。当然，她在写作方面天赋异禀，这也正是马丁欣赏的，不过他的痴迷还另有原因：赫米奥娜巧妙的挖苦、无情的讽刺、势不可挡的反语让对手也不由心生敬畏，而唯一能与之匹敌的，就是她荒淫糜烂的名声。据传，过去在牛津，她曾有"浪女道斯"之名。犷悍的政见加不羁的作风，对马丁形成了难以抵挡的

加拿大人不会调情 | 75

诱惑。他时常想着这个，在夜里对赫米奥娜想入非非，幻想中的情节是那么怪诞俗艳，连他自己都感到震惊。

她跟他打完招呼，一桌人顿时安静下来。这阵沉默稍显太长——足有两三秒之久——刚好到尴尬的程度，表明他们刚才应该就在谈他。（事实的确如此。那位邀请他的公关说，不知他为何会长期单身，全桌人继而开始猜测他会不会是自我压抑的同性恋。）不过莱昂内尔本人很快站起来，伸出一只手说："马丁，老伙计。你能来真是太好了。"那种熟悉的感觉再次攫住了马丁。每次见到莱昂内尔·汉普希尔，他心中总会涌起一种奇特的情感，它诡异地糅合了敬畏、紧张和（尽管常常是自作多情的）好感，对此他早已习惯。

莱昂内尔·汉普希尔，全国最负盛名的作家之一，或者至少是最负盛名的"严肃"作家之一。当然，必须承认，这样一来，"盛名"的门槛就大大降低了。至于他是否称得上家喻户晓，这完全取决于你指的是什么"家"、什么"户"。他的小说，这么说吧，属于英国人在租来的托斯卡纳乡间别墅消夏时最爱摆在书架上的类型；而其中最具这种特质的，当数他四分之一个世纪前发表的成名作《水獭的黎明》。这部旷世巨著曾问鼎布克奖，不过（话又说回来）一部好不容易才被出版商抻到200页的小说是否堪称"巨著"，实在有待商榷。但无论"巨著"与否，小说本身都获得了巨大的成功。一场良性讨论为它打开了知名度，争论的焦点在于它究竟是回忆录还是虚构写作，因为书中对性觉醒的叙述细致入微，显然取材自作者本人的青春记忆。今天，在发表二十三年后，小说的英文版已售出超过150万册，不但跻身"当代经典"之列（虽说是出版商自封的），而且喜获再版，有了一套时尚简约的全新封面。今天的晚宴正是为庆祝这件喜事而举办。

显然有人临时来不了，不过除此之外，马丁依然猜不透自己还有什么理由获邀。他想当然地以为这是因为他三年前曾为汉普希尔做过一篇人物专访，刊登在一份全国大报的艺术版面。（巧的是，赫米奥娜的一个专栏也在同一版，她漂亮的头像就紧挨着马丁的文章。）要在过去，这种活儿他根本不会接，更不可能把文章写得那么谄媚，但如今他捉襟见肘，无法拒绝这种上档次的约稿，更不敢在字里行间流露出丝毫挑衅，生怕得罪汉普希尔的出版商。尽管如此，见面前他依然惴惴不安，因为他对汉普希尔的大作并非一向这么客气。汉普希尔在第五部小说《何首乌》中曾出人意料地涉足女性主义科幻题材，马丁在为《泰晤士报文学增刊》撰写的评论中，把这部小说批得体无完肤。不过，尽管有过这次误判，马丁与这位文学巨擘的初次见面依然是亲切友好的，其中最让马丁如释重负的是下面这段内容：

"我从不看评论，"汉普希尔宣称，他带着一种优雅的漫不经心搅动着面前那杯玛奇朵，同时嘲弄地一笑，仿佛在想那些关心评论的作家有多愚蠢，"我妻子会替我看，如果评价正面，她就给我讲个

大概。要是不中听嘛,她就会把它揉作一团扔掉。"

因此,这想必就是马丁那篇不明智的檄文最终的命运。所以还好,没出乱子。那次采访之后,他们一直关系融洽:汉普希尔给他发去一封简短的感谢邮件,因为"听闻鄙人在您文中多承谬赞",自此,每逢聚会,汉普希尔总对他特别关照,在最近的海伊文学节上还曾请他上台访问自己。尽管说来蹊跷,不过这位大作家看来还真喜欢他,对此,没比汉普希尔年轻太多、文坛地位却有天壤之别的马丁始终念念不忘。

"你气色不错。"莱昂内尔说着,捏捏他的手,拍拍他的背。

"是吗?"马丁说,他刚因为感冒躺了大半个星期,"你也不赖。我看都是网球的功劳。"

"一周三场,"莱昂内尔答道,"星期二还有一场壁球。"

的确,他尽管年近花甲,身材却依然健硕。与马丁相比,他显得既年轻又年长:年轻是因为他更爱运动,更加自信,皮肤更好,穿着与发型都更为时尚、昂贵;年长则是因为他的成功与显赫溢于言表,整个人自带一种长者的威严,俨然是马丁,甚至在座所有人的前辈。

"你什么时候接受我的壁球挑战呢?"赫米奥娜问,她坐在莱昂内尔左侧,此刻正仰脸望着他,面带最妩媚动人的笑容,"你每次都答应得好好的。"

"你招架不住我的,"莱昂内尔说,"真抱歉,但那样咱俩都不会好看。我不能那么对你。对了,"他说着又转向马丁,

"快请坐。抱歉你得坐桌尾了,不过大家很快会调换座位的,到时候咱们再好好叙叙。"

就这样,莱昂内尔亲切地把马丁赶到了桌尾,自己则坐回原位,倾身凑近赫米奥娜,继续刚才的谈话,话题无疑从没离开过壁球。至于马丁,他发现自己左手边就是莱昂内尔的编辑,一位四十出头的老实人。多年前,他曾凭借对文学的一腔热爱投身出版行业,如今却发现自己的工作中充斥着五花八门的销售目标和市场策略,每逢这种场合,他总渴望能与人高谈阔论,所以在这方面,马丁肯定不会闲着。此外,马丁对面坐的是莱昂内尔的妻子,他记得她好像叫琼。她比丈夫年轻,他猜她大概五十出头,她迷人的面庞偶尔仍会焕发些许容光,但更多时候却陷于无奈的忧伤。他只见过她一两次,所以她接下来的举动让他颇为意外:她特意探身越过餐桌,亲热地——极其亲热地——亲吻了他的面颊,还说:

"马丁。真是惊喜啊。你好吗,亲爱的?"

"我很好。"

她拿起他餐垫上的菜单,递到他手里。"我们都点过了。你也赶快看看吧。"

菜单上是一些传统的英式菜肴。一道烤鹌鹑吸引了马丁的目光。马丁费了好大劲才叫来服务员,虽说无伤大雅,却相当驳人脸面。然后他点了菜。

"点得好,肯定好吃,"他左边的编辑奥利弗说,"我点了鳟鱼,也不知道怎么样。"他给马丁斟上红酒,"干杯。很高兴又见面了。"

马丁、奥利弗和琼碰过杯，各自抿了一口酒。

"你们知道吗？"奥利弗开启了新话题，"特朗普当选那天上午，加拿大移民局的网站都瘫痪了。入籍申请数量暴增，全是吓坏了的美国人。"

"厉害，"马丁说，"不过就我而言，与其去加拿大，还不如就待在特朗普的美国碰碰运气。"

"为什么呢？"琼问。

"嗯，加拿大我只去过两次，不过我每次都觉得那是世界上最无聊的国家。"

两位听众沉吟片刻，咀嚼着他以偏概全的观点。

"风景绝美就是了，"奥利弗说，"这总是个优点。"

"可问题出在加拿大人身上。"

"加拿大人怎么了？"琼问。

"他们毫无幽默感可言。"此话一出，他就意识到自己常挂嘴边的那套理论又有了用武之地，今晚的谈话准能开个好头，暗地里，他可是相当为这套理论自豪。"你们见过好玩的加拿大人吗？或者新西兰人？绝对没有——这都是一个道理。那是全世界最有秩序、最讲规则的两个国家，犯罪率极低，自然景色壮美，生活品质极高，他们哪用得着幽默呢？他们干吗要讲笑话呢？幽默是人类对抗不幸的手段。社会一完善，你就用不着它了。对加拿大人而言，幽默感实在毫无必要，所以他们从不具备这种品质。"

奥利弗的反应不如马丁想象中热烈,他迟疑片刻说:"呃,这种说法的确很有意思。而且,当着在座各位的面,这么说可谓相当大胆了。"

"在座各位怎么了?"马丁问道。

"怎么了?汉普希尔夫人就是加拿大人啊。"

琼冲他宽慰地一笑。"别担心,"她说,"加拿大人还有个特点——没那么小心眼儿。"

长桌中部爆发出一阵欢笑,他们一时都分了神。赫米奥娜不知说了什么,总之肯定比平常更加撩人,她的笑声中夹杂着愉悦的嗔怪和纯粹的开怀。莱昂内尔笑得最响,最心领神会;他在椅子上前仰后合,笑完就把一头蓬乱的黑发停靠在赫米奥娜金灿灿的肩头,时间长得不成样子。

"那女的多大年纪?"琼问,她平静地看着这令人咋舌的场面,随即又转向马丁。

"不知道——我猜不到三十吧。"

"唔……比我丈夫小了三十岁,可他们看上去却那么合拍。"她脸上闪过一丝异样——马丁觉得那仿佛是一阵痛苦的痉挛(不过一闪即逝,他并不确定)。很快,她又若有所思地说:"我偶尔会看她的专栏,你呢?真是奇特的谋生之道。我想可以说,她是职业"杠精"(抬杠成瘾)。当然,这很新潮,很有时代精神。上周她还在猛批都市精英呢。可你瞧,今天我们都在,一起坐在这儿吃饭,再没有比这群人更精英、更都市、更自由派的了,结果她不也待得心安理得吗,嗯?简直像天生就是我们中的一员似的。"

痛苦似乎又翻涌上来,不过顷刻就消失无踪;然后她垂下眼帘,盯着一小摊法式肉酱出神,那是刚才一位服务员悄然放在她面前的。

"我那些关于加拿大人的话,"马丁结结巴巴地说,"我不是有意要……我是说,我没想到……"

"别担心,"琼说,"这种国别偏见我从不往心里去。不过,就算我们真没什么幽默感,但据说有一件事……(说到这儿,她顿了顿,轻舔自己微张的双唇,用一种诡异而呆滞的目光死死盯住马丁)……加拿大人可是拿手得很。"

她不但说了"拿手得很",还着力强调,而且在言语之外,她的举动更是惊人:她缓慢而费力地眨眨眼——那么吃力,那么生硬,非但无法让人心领神会、忍俊不禁,反倒像会眨眼的自动机器一样狰狞。她的眼睑仿佛被看不见的绳索牵动,整个人像提线木偶一样,被人从上方操纵着。单是看到她这副样子,马丁就已经不寒而栗,所以一时竟没注意到她那吓人的潜台词。等回过神来,他才意识到她那句话不但是在卖弄风情,而且极其拙劣,根本就是胡说八道,整句话完全建立在一个莫须有的文字游戏上,暗指加拿大人床上功夫了得(起码他是这么理解的)。总之,他完全不知道该如何应对,只得抓起一个面包卷——他没点前菜,仔仔细细地给它涂上黄油,同时希望大家赶快转换话题,聊点儿无伤大雅的东西。

接下来几分钟一切正常。奥利弗与他对面的女人(一位知名电台主持人）聊起了遗传学，讨论得十分激烈，马丁也混进了这场谈话，尽管他对遗传学一无所知，琼暂时被晾在一旁。但没过多久，长桌中部又传来一阵哄笑，引得众人纷纷侧目。这次，开玩笑的人换成了莱昂内尔——赫米奥娜在一旁热烈地附议，甚至与莱昂内尔击掌相庆，结果两人的手指竟有意无意地缠在了一起，十指相扣的姿态保持了好几秒钟。琼全都看在眼里，马丁捕捉到她的目光，再次发现其中涌动着哀伤，不过，瞬间的脆弱之后，哀伤又迅速凝成冰霜。

她凄然一笑。

"看上去真不错。"她说，冲他面前的鹌鹑点点头，这只家禽刚刚上桌，一刀未切，四周环绕着绿色蔬菜。

"但愿。"

他一丝不苟地切起鹌鹑，将肉与酥脆的外皮分离。他很清楚琼正注视着自己，虽说她偶尔也会瞟一眼丈夫和他年轻的仰慕者，前者依然陶醉在后者崇拜的目光中。马丁感到空气中密布着浓烈而矛盾的情绪，但他设法不去理会，集中精力对付手上那只鹌鹑。

马丁切下两片齐整漂亮的鹌鹑肉，抬头瞟了琼一眼，结果再次令他震惊不已——琼在座位上转了九十度，侧对着他，背对她旁边的客人。她好像解开了一两颗上衣扣子，还稍稍拨开衣衫，好让他看清她深蓝的文胸和里面的肌肤。马丁飞快地扫了一眼，惊得魂飞魄散，他抬头去看琼的脸，发现她正直勾勾地盯着自己，公然邀请他尽情欣赏她暴露的乳沟。

这是我的幻觉吧,马丁想,冒出一身冷汗。说不定她只是热了,想透透气。

但餐厅里根本不热。况且接下来,琼说:"唔,这胸岂不令人垂涎欲滴吗?还在犹豫什么?赶快饱餐一顿吧。"

事实上,他的确刚开始切那片胸脯肉。切到一半,他愣住了,搜肠刮肚也挤不出一句回答。他与琼对视片刻,很快,她的目光暗淡下来,被羞耻占据。她移开视线,扣上扣子,拢拢头发,掩饰自己的不知所措。

"不好意思,"她说,"我去趟洗手间。"

她跟跟跄跄地站起来,弄出很大动静,又把桌子向前一推,挤过他身旁。奥利弗和电台主持人转过脸来,诧异地看着她;其实,全桌人都在看她。

"她没事吧?"奥利弗问。

"嗯,应该没事。"马丁说。他用叉子拨弄盘中的豌豆,装作若无其事,内心却惊骇不已——不仅因为莱昂内尔的妻子竟想勾引他(这点已经确凿无疑),更因为她似乎根本就不知道该怎么勾引,而且,最糟糕的是她完全清楚自己的笨拙,并为此深感无地自容。她显然知道自己表现得一塌糊涂,所以才会突然逃进洗手间。看来今晚,汉普希尔夫人是铁了心要奏响调情的乐曲;但很明显,她是个音痴,而且她对此心知肚明。

然而,这并不妨碍她继续尝试。晚宴余下的时间里,她依然频频语出惊人。马丁从拼盘里为她夹取了一些布利芝士,她却转而选了康沃尔芝士,还说她更喜欢"摄入又硬又令人满足的东西"。关于餐后酒,她则选了有年份的白兰地,说自己"晚上总喜欢来点儿烈的"。她每说一个可怕的双关语,目光都会久久停留在马丁身上,不过眼神很快又会变得闪闪烁烁,脸颊羞得通红,仿佛既不敢相信自己的放肆,又无法直面自己的笨拙。面对这般咄咄怪事,马丁一面大倒胃口,一面又不免好奇,想知道后续如何。

他没等太久。剩下的食物被清走了,莱昂内尔的公关很有眼色地付了账,这时,莱昂内尔宣布,他、赫米奥娜和另外两人要去圣乔治——苏豪区最顶级的私人会所之一。他没有提到琼,她似乎也平静地接受了这种安排(尽管她看上去深受伤害、目露凶光,目光始终锁定那位"杠精"作家,后者牢牢挽着她丈夫的胳膊,大有不可动摇之势),但马丁却全然无法接受自己被排除在外。他罔顾事实,抛却理智,执意相信自己今晚终会与诱人的赫米奥娜相拥在某个舒适的角落——无论在哪儿。人们纷纷开始告别、互道圣诞快乐,乘着这片混乱,他一边穿大衣,一边尽量轻描淡写地对莱昂内尔说:

"其实我也可以跟你们一起去。我还想再来点儿睡前酒。"

"啊!"莱昂内尔说,"你是会员吗?"

"不是,可我以为……"马丁说着,渐渐没了声音。其实他根本不知道自己还能再说什么。

莱昂内尔露出他那致命的微笑——既潇洒又危险,足以让他的女粉丝当场融化。"问题是,马丁——那里是严格不对外的。即使是会员,每人也只能带一位客人进去。所以赫米奥娜会是我的客人,玛丽娜会是杰克的客人。真的很抱歉,但我无能为力。"

"啊,好吧。"

临走前,赫米奥娜假装鼓起勇气看了一眼那位受伤的妻子,说:"噢,那么琼呢?我是说我并不想……"

"没事的,"莱昂内尔轻快地回答,"她不喜欢圣乔治。你自己回家没问题吧,亲爱的?"

他转向妻子,她难过地点点头,紧接着就抛出了一句惊人的话:"我跟马丁打一辆车好了。"马丁盯着她,完全目瞪口呆。连莱昂内尔都被这招弄蒙了。

"可马丁住在马斯韦尔山啊,不是吗?"他说。

"所以呢?"

"所以你们怎么能打一辆车呢?"

"为什么不呢?"

"马斯韦尔山跟格林尼治顺的哪门子路啊?完全是两个方向嘛,除非你从威尔士过来。"

"噢,我们会想办法的。"

说完她就挽起马丁的胳膊,架着他出了餐馆,其余人都望着他们,瞠目结舌。还没等马丁回过神来,琼已经拦下一辆黑色出租车,转眼间,他们就向北疾驰在 A1 公路上了。她紧紧依偎着他,喘着粗气,跟他腿贴着腿,但没说话。餐厅里的温暖和欢乐被他们抛在身后,成了遥远而虚幻的记忆。过了一两分钟,沉默渐渐变得令人难以忍受。

"你真不用专程送我,"他说,"我是说,这实在太绕了。"

"我愿意。"琼说。

沉默再次降临。车上的对讲机嗞嗞响起,传来司机的声音:"伙计,你去马斯韦尔山哪头?"

"科维克平台。"马丁凑到前面说。

"行。那我就从肯特镇左面穿过去。"

"好嘞。"

琼突然瞪了他一眼。

"好嘞?"她说,"这个词可不太马丁。"

他笑了:"嗯,老毛病了。你知道的——见人说人话,见鬼说鬼话嘛……"

"是啊,要是你总想左右逢源的话。"

说完,她直视着他的眼睛,但又很快移开了视线,从他身边挪开,转向窗外,盯着黑暗中一闪即逝的店铺和房屋。身体接触告一段落:现在他们之间隔了起码两英尺远。马丁不知该如何理解这番举动。他想等她再度开口,他等了很久。

"我是爱莱昂内尔的。"琼终于说。她语速缓慢,吐字清晰,声音恍惚呆板,近乎机械,"自打我们认识那天起,我就爱他,也会一直爱他。当时他刚刚成名,来加拿大宣传新书。我在多伦多一家电台有档小小的节目。当然,后来为了他,我把那都放弃了。不过我求之不得。他是那么迷人,那么有英伦范儿,那么……风趣。他现在还是很风趣,不是吗?你有没有注意到他总是设法逗她们开心?他过去就那样逗我。

我想我早该料到……第一次见面时，做完节目，他请我出去喝了一杯，事情就这么成了。五天后，我就跟他登上了飞往伦敦的航班。我放弃了一切。我后来再没工作过，完全没有。我们有了孩子，我为孩子们忙了一阵。接着我就成了这么个角色……他的经理也好，助手也好，我不知道该叫什么。我替他回邮件、筛请柬，替他整理书目，准备在美国出版。这完全是因为我对他有信心。现在依然有。他是个好作家，非常非常好，或许堪称伟大。而且他越写越好，虽说评论界并不这么认为。"她转头瞪着他，"你有一次还评论过他的作品，不是吗？"

好在不等马丁承认或否认，出租司机的对讲机就又响了。

"你俩在后面还暖和吧？没别的意思，不过有乘客说我这车暖气不灵。"

"嗯，我们……"马丁话只说了半截，他不想代表两个人发言。

"我们很暖和，谢谢。"琼干脆地说。

"行嘞。"司机说。

"好嘞，伙计。"马丁脱口而出。又是一阵沉默。琼再次拾起话头，声音还是那么沉闷，那么单调："我不知道他会不会跟她们上床。这不重要，真的。我受不了的是漠视，是他渐渐对我视而不见。这跟我的年龄无关，也无关外貌。起码我是这么认为。我一直在回想这是从什么时候开始的。或者说我是什么时候意识到的，当然，那估计又是另一回事了。大概是……十年前？孩子们都长大了，我整天都很累，我们有几百年没做爱了。"

"嘿,我可啥都听得见。"出租司机说。

"那就关掉你的对讲机。"马丁说。

"没用,隔着玻璃一样能听见。"

不过琼好像并不在意。

"看着我,"她继续说,"今晚就是最后一根稻草。他竟然当着我的面对那个风骚的"小喷子"上下其手,无视我的存在。而我却只能干坐着,拼了命地搔首弄姿,可怕……又可悲。"她的声音略微颤抖,似乎强忍着眼泪,不过她很快就平静下来,"你说得没错。加拿大人确实缺乏幽默感,而且也不会调情,连乱来都不会。"

"呃,我有回跟个加拿大女人过了一夜……"出租司机说。

"你能别掺和吗?"马丁说。为了缓和语气,他又加了个"伙计"。

"我是说,我最受不了的是,"琼接着说,"我竟然选中了你。你。多糟糕的选择啊!不仅因为你明显是……"

"明显是什么?"

"自我压抑的同性恋啊。"

"什么?你在说些什么啊?我不是什么自我压抑的同性恋。"

"唔,你要是一直在压抑,又怎么会发现呢?总之这不是重点。我要说的是,你给莱昂内尔写的那篇书评。可恶至极,不可饶恕,那么刻毒,纯属人身攻击,而且还那么地……自鸣得意。你攻击他,就相当于攻击了我。你看,我们过去就是这么亲密——读完那篇文章,我简直恨透你了。我原以为这种痛恨已经无以复加,可没想到你竟还觍着脸来家里采访他,又写了那篇假惺惺的马屁文章。所以事情就是这样……"她凝视前方,眼神涣散而空洞,"这就是我的处境。这就是我。我竟然跟自己最鄙视的人并排坐在出租车上,同时又被莱昂内尔气得要命,气到就算你现在抽出那玩意儿杵到我脸上,我也会立刻给你口交。"

"不好意思——你刚才说科维克平台还是科维克新月街来着?"司机在红灯前刹了一脚问道。

"无所谓,"马丁说,"我就在这儿下。"他下了车。

出租司机没再说话,大幅度地掉了个头,向南驶去,提了速,闯着红灯,在稀疏的车流中自如地穿梭。

"不好意思,"琼开口了,此时司机正转着方向盘躲避一辆没亮尾灯的自行车,"你刚才不该听那些话。在乘客……颜面扫地的时候偷听是不礼貌的。"

"你是说你还是他?"司机问,还没等她回答,他就说,"反正你说得不对。"

"不对?"

"你看错加拿大人了。我刚才说了,我之前跟个加拿大女人过了一夜,那可真是个惹火的小辣椒啊。"

她抬起头,看见他正从后视镜里盯着她,一脸坏笑。琼也对自己笑笑,然后她倒向靠背,闭上眼睛,在漫长的回家路上,她没再说一句话。

OLD FRIENDS

老友

特莎·哈德莱

TESSA HADLEY

"我们得等。"莎莉说,于是克里斯托弗就等,因为他就是这样的人——不是没有主见,而是体贴入微,特别照顾他人的需求与禁忌。别的男人或许会趁着这股火热的激情一鼓作气,抓住她,得到她,但他不是别的男人。何况得到之后势必会很麻烦,得考虑孩子们的问题。孩子是她和弗兰克的——两儿一女,个个都继承了母亲标志性的红褐色头发,个个都出落得俊俏美丽、个性鲜明、刚愎自用。大的两个已经比莎莉还高了,特别爱对她呼来喝去,当然,这只是克里斯托弗的观感。其实她耳根子并不软——她尽管像小女孩一样娇小,却韧性十足,精力旺盛。别人都以为莎莉是个贤惠的女人,甜美、柔顺、能干,与弗兰克截然相反。那男人大嗓门,爱咆哮,还总搞声势浩大的个人行动(他是英国广播公司的战地记者),把所有人都拖下水,像个招摇过市的皇帝,身后拖着长长一列行李车厢。但克里斯托弗见识过弗兰克妻子那种敏锐、犀利的眼神,知道她会不动声色地评判。作为母亲,她当然爱自己的孩子,觉得他们出类拔萃,但克里斯托弗并不这么认为。他置身事外,反倒比她更能看清他们母子间的关系，深知她是怎样一步步陷入伤心、原谅，再被愚弄的恶性循环，而那两个愈发光彩照人的大孩子又是怎样日渐麻木，视之为理所当然。说到底，他们毕竟也是弗兰克的孩子。

所以，尽管克里斯托弗和莎莉彼此相爱，尽管他深信他们是天生一对——她热忱、羞怯、严肃，与生性严肃的他堪称天作之合，但他们仍需等待，就像古老故事中的男女。他不知道他们在等些什么，但他没问，他不想逼她，因为他痛苦地意识到，那就等于让她独自面对所有难题。他在女人面前一向腼腆：这显然是那所可怕的学校造成的，那是他和弗兰克共同的母校，不过弗兰克似乎没这种困扰。在事业上，克里斯托弗敢作敢为，不拘一格；他不顾偏重政经哲和外交工作的家族传统，转而当上了工程师，创办了自己的中型企业，为新能源汽车制造涡轮机。但现在，他爱上了老友的妻子，踏入了可怕的未知地带。这是他最浓烈、最艰难的一段感情，相比之下，他过去所有的感情都像过家家（他早年甚至短暂地结过婚，两个人虽说不大适合，但在那几年里却也相敬如宾）。

要不是他了解弗兰克，要不是莎莉主动表白心迹，向他示好，率先迈出第一步，他做梦也不会采取任何行动。他只会秉持骑士精神，在安全距离之外默默仰慕她，惋惜她的明珠暗投。可现在，他已经深陷其中，只剩脖子还露在外面——事实上，爱情已经没过他头顶，他陷入她的世界无法自拔。所以他必须相信莎莉,她一定知晓他们接下来该做什么,不该做什么。他等待着。与此同时,他们见缝插针地见面,偶尔能在他城里的公寓共度一个下午;见面总嫌太少,相爱后,他们从没一起待到过天黑,更别说过夜了。他得照管公司,莎莉要照顾家庭,而且她还在英国文化教育协会兼职(这也为她进城见他提供了借口,她可以把家庭堡垒交给母亲,这位丈母娘向来能把弗兰克管得服服帖帖)。

克里斯托弗的公寓位于西汉普斯特德,她的造访彻底改变了这里,他几乎完全认不出原先那个让他尚感舒适的港湾了,如今她一不在,他就无法独自待在里面,宁愿回格洛斯特郡过夜,虽说那只是他在工厂附近租下的一间不起眼的斗室。难以磨灭的回忆投射在伦敦公寓的白墙上,就像家庭录像:墙壁太空荡,画面太丰富,他本想装饰装饰,买些画挂上,却始终没抽出时间。莎莉说她喜欢他的公寓,她喜欢那种空旷、那些留白——那让她感觉自在。她说她生命中的每寸表面都被反复书写,布满横七竖八的文字,就像一封陈旧的信。

他们的故事始于夏天里一个状况不断的周日下午,那天,克里斯托弗造访了弗兰克和莎莉位于索思沃尔德郊外的家。那是一栋可爱的石砌农庄,老旧低矮,凹窗深陷,临街的屋墙上爬满年深日久的蔓生植物,它们银灰色的枝条上缀着灰白的叶子,鲜红的花朵在强烈的阳光下怒放。然而,莎莉说花园太难打理了，她在这里常感寂寞，还是宁愿住在城里。搬到可爱的乡下，这一看就是弗兰克的主意，他好在那儿施展魅力，款待宾客，把自己塑造成英式乡村生活的浪漫典范，尽情彰显自己的慷慨好客——但同时，他又频繁出差，动辄把妻儿单独扔在乡下，一去就是好几个月。这次聚会就是因为弗兰克又要去某个地方，特意叫克里斯托弗过来道别，要他在自己走后"让莎莉开开心心的"。

克里斯托弗抵达时，这家人全在后花园里，室内香气扑鼻，蒜香烤肉的味道溢出厨房，房间挑高很低，光线暗淡，室内清凉惬意；他听见孩子们在泳池里尖叫嬉戏，互相泼水。他穿过屋后的落地玻璃门，再次走进明媚的阳光。踏上略带坡度的草坪时，他依稀瞥见了那对夫妇独处时的模样——他们正置身一处平台（那是某年夏天弗兰克亲自建的，投入了很大的精力），两人各坐一张帆布折叠椅，身体紧绷，神情专注，搅动着金汤力酒中的冰块，心照不宣地沉默着，似乎正僵持不下。莎莉扬起脸，这一次，她那张狐狸般精明的面孔不带笑容，卸下了和蔼迷人的面具，显得赤裸而真实——既然爱她，那他不妨承认，他自那时起就觉得她酷似雌狐：她脸上有天鹅绒般细密的茸毛，面色赤褐，颧弓倾斜修长的线条宛如狐狸的口鼻。

一看见克里斯托弗，弗兰克登时从椅子上弹起来：克里斯托弗感觉他似乎如释重负，庆幸有人前来打破僵局，好像他请克里斯托弗来正是为了这个。弗兰克热烈地欢迎了他，把一只热乎乎的胳膊重重搭在他肩上；克里斯托弗发现自己穿得太正式了，因为弗兰克只穿着卡其工装短裤和人字拖。他黝黑的将军肚浑圆紧实，高高隆起，堂而皇之地压在裤腰上，像女人的孕肚，他蓬乱黑硬的毛发四处支棱着，覆盖了他鼓鼓囊囊的前胸和他的脚趾；他是那种大大咧咧的男人，身材糟糕，却从不引以为耻，还总爱在你面前晃来晃去，像个趾高气扬、无拘无束、没羞没臊的孩子，仿佛从没意识到自己早就不是小宝宝了。相比之下，克里斯托弗虽已年届五十，却依然挺拔精干，不但比弗兰克高出六英寸，头发也更加浓密，尽管昔日的金发已经转灰；他长相端正，神情忧郁，肤色粉白，沉重的眼皮之下是淡蓝的眸子。但丑陋的弗兰克却总能吸引所有人的目光，尽管他那张娃娃脸严重下垂，卷曲的黑发掩盖着光秃秃的头顶，发型凌乱不堪，像被人胡乱剃过，但女人们依然会注视他、欣赏他，就连某些男人也是。他们都拜倒在他的活力和自恋之下。

克里斯托弗一到，弗兰克就来了精神，叽里呱啦地打开了话匣子。他在花园里踱来踱去，带着一台除草用的喷火器，向杂草喷射致命的火焰，留下一团团漆黑的焦土。与此同时，他一刻不停地说话，声音洪亮，态度急切而亲热，不时放声大笑：聊的主要是政治，间或穿插名人八卦和书籍——都是非虚构作品（他们三人当中只有莎莉会读小说）。克里斯托弗用不动声色的嘲讽和善意的提醒反驳他，这是他们之间的传统。他能牵制弗兰克的武断，制约他鲁莽的狂热；而弗兰克也希望朋友能提出不同意见。过了一会儿，大儿子尼古拉斯从游泳池里上来，裹在毛巾里发抖，头发还滴着水就无可奈何地被拉去喷火除草了。餐桌上，弗兰克切着肉，在身前挥舞着餐刀，眼看就要削到他赤裸的肚皮，仿佛想把自己切了上菜，莎莉一直在他身旁温柔地抗议，劝他穿上衣服，还说她一直要求孩子们穿戴整齐再上桌。吃过午餐，克里斯托弗帮莎莉收拾碗盘，弗兰克则去收拾行李，出逃前的喜悦溢于言表。"你们这帮笨蛋太走运了，"他在楼下嚷着，"能在这儿享受美好的田园生活。醒醒吧，有人还得回去工作呢！"

泳池那边好像出了什么事：孩子们慵懒的嬉闹声中断了，代之以飞溅的水声和惊恐的尖叫。大人们闻声冲出房子。初看上去，三个孩子似乎都没有大碍，他们在泳池边争执推搡，浑身透湿，互相埋怨。"科林是个白痴，"尼古拉斯嚷着，"又在显摆。他怎么什么都做不好呢？真是一点儿脑子都没有。"

小儿子开始踉跄，做呕吐或干呕状，看上去像在表演一出醉酒的哑剧。"他是不是在演戏？"莎莉疑惑地问。

"他是真的沉底了，妈妈，"安珀说，"这得怪他自己。尼基和我不得不潜下去把他拉上来。"

"别他妈瞎说，"弗兰克尽量和蔼地对孩子们说，"这可不是闹着玩的。你没事吧，嗯？"

突然间，小儿子双膝跪地，干呕、气紧、双眼翻白。这时，是克里斯托弗当机立断，采取了必要的行动，他迅速俯身抱起孩子，把他脸朝下平放在草地上，扳过他的头，确保他不会咬到舌头，然后开始按压他纤弱的肩胛。孩子吐出大量的水，其中还混杂着午餐。"我的天，我的天哪！"莎莉在极度的惊吓和切肤的恐惧中低声说，她蹲在他们身旁，用手捂着嘴，碰也不敢碰儿子一下。

"他不会有事吧，啊？"弗兰克说，"我是说，人都出了池子，还走了几步，怎么可能还是溺水呢，嗯？"

终于，科林坐了起来，骂骂咧咧，哭哭啼啼，把脑袋埋进莎莉怀里，冲他哥哥挥舞拳头，克里斯托弗这才认定他应该没事了，不过还是建议他们带他去医院看看。弗兰克明显面露难色——他得赶飞机。"你走你的，"克里斯托弗说，"只是例行检查，以防万一，确保他肺里的水都排干净了。我去就行。"

就这样，他陪莎莉和科林在索思沃尔德地区医院待了整整一下午，一直到天黑；弗兰克出发时顺道把另外两个孩子送到朋友家过夜。终于，医生宣布他们可以回家了。克里斯托弗从车里抱起熟睡的孩子，披着月光穿过前院，把孩子放到小床上，莎莉拉过被子，轻轻替孩子盖上。克里斯托弗感觉自己好像贸然闯入了家庭生活的核心地带，那是他一直向往却从未得到的。"你一定累坏了，可怜的家伙，"一关上孩子的房门，他就对莎莉说，"要我调杯睡前酒吗？还是你想喝杯茶？需要我留下吗？"

如果她说需要，他本来是真心想在客房里将就一晚的，他只想在第二天早上确认她和科林还好。可他刚说完，就意识到这话听上去太过关切,不像单纯出于好心。莎莉转向他,在昏暗的过道里把脸埋在他胸前的衬衫上,发出一声放肆的呜咽,身体紧贴着他,向他托付了全身的重量——虽说她一点儿也不重。"我要你留下,一定要,"她说,肯定是下午压力太大了,"他连个电话都没打,不是吗?都没问科林怎么样了。我一下午都开着手机,有意的,本来医院是不让开的。"

克里斯托弗小心翼翼地缓缓抱紧她,承受着她的重量。"我当然知道,"他说,"嫁给老弗兰克肯定很不容易。"

"哦,克里斯,"她呻吟一声,"你根本想象不到。"

随后,在床上——那一夜,想到劫后余生的孩子还睡在房子里,他们并不打算做爱,好像生怕会不吉利——莎莉就躺在被子里,他则睡在被子外面。被子隔在他们之间,像某种支撑,也像一把利剑。克里斯托弗隔着被子搂着她、安抚她——她对他倾吐了许多他"根本想象不到"的事,但事实上那些事他全都知道,或者起码猜到不少:弗兰克的出轨对象可不止女人而已,他糟蹋过的一些少年还是孩子,真正的孩子,刚刚成年;而且弗兰克从不接受任何质疑,夜里还会被噩梦惊醒,总要莎莉安抚,简直像个婴儿。可笑的是,他从没看过孩子们的演出,没给他们过过生日,也没开过家长会,从来没有,哪怕一次,但他却特别在意他们读什么学校,坚持要全部送进自己负担不起的私立学校。所以自然,钱也一直很成问题。他酗酒的毛病就更别提了,她三天三夜都数落不完。莎莉说她操心最少的,就是弗兰克长期不在,那是他最大的优点。

自此,克里斯托弗和莎莉秘密相恋了,虽说那天之后,他们再没共度过一个夜晚。就这样,过了差不多十八个月,弗兰克在报道叙利亚战争时殉职了。有人或许会觉得,说难听点儿,这简直正中他们下怀。他死得并不悲壮,没有中弹,也不是被炸身亡,尽管这些并不是没有可能。他总是那么英勇无畏,不断深入危险地带,把噩梦和心魔都抛在脑后。但他真正的死因却是败血症,他脚上的一个伤口感染了,还不等周围的人意识到事态严重,他就猝然离世,死在土耳其边境上一家混乱不堪的医院里,那地方被战争彻底摧毁,抗生素奇缺。

一位间接的朋友致电克里斯托弗城里的办公室,向他转达了弗兰克的死讯。诡异的是当天早上,在接到电话之前,他就已经看见莎莉和孩子们了,他们打他面前匆匆经过,巧得令人难以置信——因为在偌大的伦敦,谁会在大街上遇见熟人呢?当时他正要去开会,停在一个十字路口,忽然看见莎莉驾车载着三个孩子沿尤斯顿路行驶,她紧张而专注地握着方向盘,开着弗兰克那辆怪里怪气的SUV,车身溅满萨福克郡的泥巴。他知道她讨厌在伦敦开车,他们走远之后,他甚至开始怀疑那不过是他的幻觉,就像他总想象她出现在自己的公寓一样,这是工作日早上,他们不该悉数出现在这里,他或许只是太思念莎莉了。

老友 | 101

看到他们阴沉而醒目的面容,他当即感觉不大对劲——他们是那么相像,那么漂亮,依次排列的侧脸像极了文艺复兴圣坛画上的捐款人家庭肖像,他们肤色白皙,每个人都顶着一头红棕色的秀发,每个人都透过挡风玻璃紧张地盯着前方的车流。他们被 SUV 托起,远远高出地面,让他感觉遥不可及。得知弗兰克的消息后,他顿时明白,当时丧亲之痛早已笼罩在他们身上,就像一件斗篷——作用不是隐身,而是分离。他立即打电话给莎莉,但她没接,所以他改发短信。

"什么时候能见面?"

"你听说了?"过了一会儿,她回复说。

"听说了。"

"我在城里,跟葬礼筹办方见面,"她发来信息,"我们得等。"

弗兰克的遗体被空运回国,葬礼上,克里斯托弗当然也在,事实上,葬礼差不多是他一手操办的,因为莎莉完全垮了。这个杰出而沉痛的家庭表现得令人心碎,引得媒体争相报道。乍一看,莎莉简直就像他们家的第四个孤儿。安葬了弗兰克之后,克里斯托弗开始频频造访他们索思沃尔德的家,一待就是好几天、好几个星期。他帮莎莉料理家事,帮她整理弗兰克的遗稿和衣物,虽说她什么都舍不得扔。他还帮她厘清遗嘱,注销了弗兰克的银行账户,又把房子打点停当,准备移交中介。他始终睡在客房。有一次,他试着拥抱她,那天孩子们都不在家，尼古拉斯开始住校了（是他自己提出的，由克里斯托弗埋单），另外两个都在朋友家过夜。"我做不到，"莎莉抱歉地说，她摇着头，双手推着他的胸膛，躲避着他的目光，"在这儿不行，现在不行。"

一年后，他们开始考虑一起买房；莎莉过去总说讨厌乡下，但看样子，她现在又不愿搬回伦敦了，于是他就在格洛斯特郡找了一处绝佳的房子。可她还是没准备好。"我不知道该怎么跟孩子们说，"她说，"现在为时过早，他们还在为父亲伤心呢。"

克里斯托弗对此深表怀疑。的确，这场突如其来的变故打破了孩子们平静自得的生活。有时跟莎莉起了争执，他们还会夸大自己的丧父之痛，好跟她讨价还价。但他看得出，他们其实并不是特别怀念父亲，因为他们跟他并不亲近。他们恐怕还不如克里斯托弗怀念他。克里斯托弗每天都能感觉到弗兰克留下的空缺——想到这世上再不会有他聒噪的嗓门、蛮横的活力和洋溢的热情；想到他死得那么无谓。孩子们对克里斯托弗并不介意。十二岁的安珀穿着露脐装，脖子上绕了好几圈珠链，用莎莉的眼影和口红化了妆，在他面前晃动着青春少女无瑕的腰身。"你干吗不直接跟我妈上床呢，克里斯托弗，"她懒洋洋地说，"既然你那么爱她？"

"没错，我是深爱着她，"他说，脸顿时红了，"但事情没那么简单。"

终于，克里斯托弗为了自己的尊严和内心的平静，执意要莎莉来他的公寓好好谈谈：他特意选在这里，因为这里最容易让人触景生情。公寓依然简朴，他没作任何改变，也没添置任何家具，刻意让它保持原样。他问她为什么不肯跟他在一起，听到这个问题，她坐在床边双手掩面，火红的头发垂下来挡住了面颊。他拽过一箱始终没拆封的书坐到她面前，专注地凝视着她，与她近在咫尺却又保持着距离。

"根本不是孩子们的问题，对吗？"他柔声说，"是你。"

"克里斯，我不能离开那栋房子。里面到处都是弗兰克的痕迹。我不能丢下他。我有了很多新的感受，都是过去从没有过的。想想他的成就吧！我在读他写的所有东西。写得多好啊！我还找到好多纪念品和照片，有他小时候的、少年时代的，奖杯、飞机模型，还有他从学校写给他妈妈的信，应有尽有。我想到他长大之后去了那么多地方，做过各种各样的报道——可我从没真正问过，他在那些地方都经历了什么，到底经历了什么。他就这样离开了我，我感觉受了愚弄。我们之间还没有结束。"

"我们？"克里斯托弗追问，想确认自己的猜测。

"弗兰克和我。"

此时，莎莉已经把手放下，正视着他。而他明白，此刻，她的眼中并没有他。

THE ROAD TO GABON

加蓬之路

吉尔斯·福登

GILES FODEN

理查德·伦尼森从诺丁山驱车南下，去布里顿谷探望不幸的莫兹利。那天想必已是深秋，灰蒙蒙的雾气扑面而来，袭上雷克萨斯的挡风玻璃；雾气几乎已经侵入车内，玻璃仿佛不知自己是虚是实。他驶上乡间小道，两旁的树木不时枝叶相接，连成隧道。枝条和叶片都湿润而沉重，水珠直往下滴；它们也失去了清晰的边界，变得朦胧恍惚，仿佛难以断定自己究竟属于生机勃勃的自然，还是即将到来的黑夜。

当然，黑夜也属于自然的范畴。但在伦尼森眼中，黑夜似乎还代表着人类身上那种对抗自然的天性。他一边开车，一边思考着人与自然的这道分界线，渐渐感到它就像平面设计师修图用的像素格，在那里，连贯的自然图像被分解成一个个精微的像素，让人得以驾驭现实中奇异而不规则的韵律。伦尼森交稿前也喜欢这样修图，尽管莫兹利曾为此挖苦过他，说如果连摄影师都不是真正的"模仿之人"[1]，那这世上还有谁是呢？

---

1. 原文为拉丁文。

他拐错一个弯，意识到自己不能再走神了，否则说不定会车毁人亡（总会栽在哪个急弯上），于是他一边愉快地自我劝诫，一边放慢车速，思绪又回到莫兹利身上。他俩向来喜欢互相揶揄，不过自去年以来，这一点有所改变，因为莫兹利开始了他所谓"全新的大冒险"。

长期资助伦尼森进行创作的莫兹利与癌症搏斗已数月有余。他的宅邸是英格兰南部仅存的几栋大宅之一，位于德文郡与萨默塞特郡交界处。伦尼森以前来做客时，莫兹利曾对他说过，诺曼殖民者对不列颠的影响就到这里为止，所以北德文郡才不再有这样的大宅。他还说，那种崎岖不平的岩屑也在这里终结，冰河时期，移动的冰川刨削出这些岩屑，留下成片的大圆石和数不清的地质标本，散布在他家附近那段绵延不绝、苔藓丛生、虎视眈眈的山脊上。

莫兹利讨厌迟到，伦尼森心急如焚，加快了速度。路程比他预想的长。不过他这一路还算顺利，只在布里斯托尔那几个拥堵路段耽搁了一会儿，他到的时候是四点五十，比约定时间早了十分钟。

他驶近宅子，熟悉的大门立柱映入眼帘，摆动的雨刮器分割了视野，一阵强烈的懊悔涌上他心头。他回想起与莫兹利初识的情形。那是90年代初，投资界、摄影界尚未对非洲趋之若鹜。莫兹利却独树一帜，一脚踹掉金融城的工作，骑着一辆摩托车横越非洲大陆，四处寻找私募股权投资，要知道，那时世界上还没有人听说过对冲基金这个肮脏的词。

伦尼森年近四十五,身材高大,一头红发,他下了车,感觉凉丝丝的雾气萦绕在耳际;他拔掉门闩,指尖传来铁制搭扣滑腻冰凉的触感。

他们第一次见面,是在那条笔直的长路上,从刚果(布)首都布拉柴维尔北部的森林一直延伸到加蓬。莫兹利当时正倚在他那辆哈雷-戴维森摩托上抽烟,气质不凡的脸转向一边,两眼目不转睛地盯着丛林深处。路上有条被轧扁的蛇,伦尼森猜多半是莫兹利轧的(事实证明他猜得没错)。

前方一道云缝漏下天光,莫兹利抬着头,朝那个方向吐着烟圈。那时的他不可思议地黝黑、苗条,白色开领衫露出胸前的晒痕。见伦尼森爬下那辆后备箱塞满摄影器材[1]的路虎(现在这辆雷克萨斯也是),莫兹利言简意赅地提醒他说,自己之前去过的一个金矿营地暴发了黄热病,伦尼森最好就此止步。

莫兹利的营地见闻讲得一字一顿,毫不连贯——"异乎寻常""诡异至极""非洲都罕见"。那儿的尸体,他说,"是我见过最恶心的,但姿态却一言难尽,他们或坐或躺,好像死得猝不及防。"

"就跟我干的这件好事一样。"他补充道,用鞋背钩起那条绿油油、黏糊糊的死蛇,一脚甩进树丛。

结果那不是黄热病,而是埃博拉,伦尼森没有就此止步。

---

1. 原文为尼昂加语:katundu。

当时的他无知无畏，一心想拍出自己首张广为流传的作品，于是他深入雨林，来到明凯贝附近那片营地，拍摄了其中的死者。病毒来自一只黑猩猩，矿工们在森林里猎杀了它，分而食之。参与宰杀的十二人纷纷病倒。照片上，他们满身泥污地瘫坐在柳条椅上，死在各自简陋朽烂的棚屋前。正是这些人悲惨的照片，成就了伦尼森最初的声名。此外，他还拍摄了架着疯狂高梯的巨大矿坑、城里的店铺和妓女，那些女孩出卖肉体，只为换取几粒金砂，黎巴嫩店主们摆出小杯小杯的白色烈酒、卖起炸鸡，为的也是同样的东西。

他那套明凯贝照片发表时，疫情已经蔓延开来，引起了世界卫生组织的注意。伦尼森侥幸逃脱。日后，这不仅成为人物报道津津乐道的话题，更巩固了他作为艺术家的光辉形象——尽管他当即表明，这不过是一个胆怯之人不计后果的行为。同年，他首次斩获年度探险摄影师称号，并开始以"伦尼森"自居，只有姓，没有名。

他穿过湿软的石子路，走向布里顿谷，房子的屋顶自前向后渐次升高，就像是从后往前修的。一座晦暗巍峨的山岗耸立在烟囱之上，更突出了这种效果。或许，这从来就不是一栋令人愉快的房子。

他拉了绳，门铃却没响，他骤然回过神来，在门上乱敲一气。过了几分钟，门开了。他面前出现了莫兹利内双的眼睛和苍白的脸，脸上有些胡碴。莫兹利穿T恤、牛仔裤和针织衫，外面罩了一件佩斯利纹和服，尽管依旧胸膛宽阔，却早已不复从前，再不是伦尼森多年前在非洲认识的那个有着古铜色肌肤的时髦旅行家了，那时他特别注重保养，总是精心洗脸、刮面、护肤，脸上随时都闪耀着健康的光泽。

那双没精打采的眼睛顿时睁大了："你来了！"

"来了。"

"我没想到你真会来。"

"我说了会来。"

"你带了家伙？"

"嗯，雨一停我就去取。"

"雨不会停的。"

伦尼森听见身后的石子路上雨点噼啪——雨水拍打着石子，浇灌着萋萋的草地和爬满金雀花的山岗，然后顺着山坡流向西蒙斯巴思和林恩。他在莫兹利身后进了屋，沉重的大门在惯性作用下"砰"的关上了。

这栋大宅的主人独自生活。他有一名园丁和一个用人，却没有女人抚慰病痛的双手——他过去只找模特女友或情妇，现在可算得了报应。莫兹利把他领进一个房间，里面点着炉火。火光映上贝宁铜像，在满屋子艺术品上跳跃，那些物件或挂在墙上，或立于室内，宛如一屋子墓碑。

壁炉架上有一大盒厨房用火柴，盒子半开着，乍一看，火柴红色的圆头犹如死去士兵的头颅，它们仿佛正躺在棺材里，等待入土。

"坐吧。"莫兹利说。

加蓬之路 | 111

房间里有一对擦得锃亮的红皮扶手椅,伦尼森坐进其中一把,他那位病入膏肓的朋友缓缓挪到橱柜旁,把一撮凌乱的银发别到耳后,倒了两杯威士忌。

他递给伦尼森一杯,自己坐进另一把椅子,杯中的威士忌微微晃动。

"我快死了,理查德。"

"别这么说。"

"干吗不说?这是事实。最多三个月,医生说的,所以我才想请你来给我拍张肖像。"

"举手之劳。你想现在就拍?我看……还是等早上吧。"

"伦尼森的黄金创作时间?那得看运气了。这鬼天气真叫人丧气。我看这雾跟雨一样,一时半会儿散不了。"

"这是病魔在借你之口说话呢。"

"好哥们儿,我的病啊,它一刻也不消停。它在我那副被烟草糟蹋了多年的肺上聒噪,而且医生说,它现在还在我的骨头里喋喋不休。转了。"

"转了?"

"骨转移了。显然,血液中的癌细胞赖在骨头上不走了。"他呷了口威士忌,"不过我也算功成身退。上周我辞去了所有职务。今年的基金收益差不多是史上最高,在大西洋两岸都是。我找你来就是想谈谈这个,当然,还有肖像的事。"

"谈你的基金?"

"没错,还有保持最佳状态。我觉得你最近懈怠了。"

这是事实。如今，伦尼森已经习惯了轻松的工作，只定期为时尚连锁品牌和奢华酒店拍摄大片。摄影是他毕生的事业，继明凯贝之后，他又创作出不少获奖佳作：委内瑞拉的罗赖马山和卡瓦克岩洞；埃塞俄比亚那座离地2500英尺的阿布纳耶玛塔岩壁教堂；封冻在斯匹次卑尔根岛冰川中的"极光号"巨轮……但近年来，他更倾向于待在工作室里整理存货，等待经纪人与广告公司接洽，给他发来工作邀约，然后他就从中挑挑拣拣，接下有赚头的活，再付给经纪人25%的佣金。其实他心里也不是滋味，因为他只有在纯粹的艺术创作中才能找到自我——而在迪拜四季酒店的餐厅里按动快门，或在博尔泽斯的礁石上指挥博登的模特儿们站成一排，都与纯粹的艺术创作相去甚远。

"明凯贝又暴发瘟疫了。我觉得你应该回去，重访当年让你一举成名的故地。"

"想都别想！"

"你得去。想想报上的标题吧，《二十年摄影生涯的巅峰——一次寻根溯源之旅》。"

伦尼森垂下眼帘，他俩之间的木条镶花地板上有一张北非古董祈祷毯，他紧盯着上面的花纹。他能辨认出大门、花园和飞鸟；或许还有一对对恋人——不过动作不算出格，因为那些图案环环相扣，表现的是人必将追随安拉，而安拉也必将庇佑他们，以神树荫蔽世间众生，神树的枝干一直延伸到毯子边缘。

"我不会再冒那种风险了,"他说,"我上次没得病完全是命大。你也一样。没被乌伊先生和他那帮伙计一枪打死也纯属侥幸。"

乌伊先生是矿上的工头,伦尼森在明凯贝拍摄时,他乘一架军用直升机从天而降,就停在那个令人毛骨悚然的深坑旁。下飞机后,他那些端着自动步枪的保镖开始要挟伦尼森。但就在他们取记忆卡的当口,乌伊先生发话了:"让这个白人拍吧,他敢到坑里来,跟咱们一样有种!说不定他回国还能得奖呢?"[1]

"乌伊先生肯定早就不在了,换成了别的恶棍。不过我是认真的,理查德。你知道,我没有亲人,遗产几乎都留给了你——但有一个条件,你得回一趟明凯贝。"

他把话说得直截了当,完全不带任何英国式的拐弯抹角。

伦尼森惊得目瞪口呆,根本来不及细想这笔钱意味着什么:"为什么非逼我去那儿?"

"我没逼你,选择权在你。"

"我是个有家室的人了,查尔斯。我妻子不会让我冒这个险的,千金不移。"

"是千金不换吧?"

"是啊,管它呢。天哪,你病是病了,但一点儿没变。"

"没变就好了,不过其实我还是变了。我意识到自己这辈

---

1. 原文为法语。

子犯了个错误。年轻的时候,我只把这世界当作张扬自我的舞台,这是我投资的指导原则。另一条原则是反其道而行之。我进入非洲那会儿,巴克莱、渣打那帮鼠目寸光的家伙已经准备撤了。可你知道吗,我最想当的其实是作家。在贝利奥尔读书的时候,我最想从事的就是写作,结果却稀里糊涂地进了金融城,成了股票经纪人。

"接着就是金融大改革[1]了,我赚了一大桶金,于是我就想,非洲可是新兴市场前沿啊,我得到那儿去,看看能不能凭一己之力做点儿什么。但我始终没有写书,只记了些非洲笔记,私下发表了……你看过一些,但不是全部。其实我还放了一些在你床头柜上。总之我想说的是,我苟且一生,纵然功成名就,却与爱好失之交臂;我不希望你重蹈我的覆辙,净拍些洲际酒店广告之类的玩意儿。"

壁炉旁,一尊马拉维青石头像紧盯着伦尼森,头顶没上够油,有些干涩发白。他骤然感觉有必要替自己辩解几句,于是热切地开了口。

"我得养家啊。你没有孩子,查尔斯,你根本不知道现在的学费都贵成什么样了。"

"答应我,那样你就什么钱都不用愁了。"

"这跟我的计划完全是南辕北辙嘛。当然了,我很感激你,但我已经得到金史密斯学院的教授职位了,教摄影,我

---

1. 金融大改革(Big Bang),或"金融大爆炸",指1986年发生在伦敦金融城的政策变革。

准备接受。"

"当教授不是什么好差事。靠耍嘴皮子挣钱。我敢说,赫斯特[1]——你知道我收藏了他一件作品——和他那个级别的艺术家要是听到一帮秃头在台上叽里呱啦讲个没完,准会像我一样脸色煞白、大倒胃口。吃饭吧?我烤了只鸡。"

他们走进厨房。这里与别的房间不同,是现代金属风格,伸缩龙头直接流出热水,瑞士厨刀齐刷刷的刀柄令人生畏,厨房里安着一台硕大的抽油烟机,两侧各有一名伊斯兰大统领,每个都被一圈挂钩围在中间,钩上挂满锅碗瓢盆。

"我连棺材都订好了,"莫兹利说,他使劲摇晃着一盘土豆,和服四处摆荡,伦尼森没想到他居然还这么有力,"是那种加纳棺材,按死者的职业设计的,你听说过吗?"

"没?"

"渔夫就是鱼形棺材。邮递员就是信箱。路边卖手机卡的小贩,就是一部手机。"

"你订的是什么?"

"问到点子上了。我总不能订个不记名债券棺材吧,我是说,当然也不是不行,不过估计会有点太扁。我回想了一下,发现我这辈子最爱的就是在马普托被几个蠢货劫走的那辆哈雷摩托。但那也不行,手把啊脚踏板啊什么的太复杂了,所以我就让人照着车库里那辆 63 版雪佛兰科尔维特做了口棺

---

[1] 达米安·赫斯特(Damien Hirst, 1965—),英国当代艺术家,英国新一代艺术家的主要代表人物之一。

材，就是你上次来，我开着带你兜风那辆。对了，肖像最好在里面拍。你要是不介意，那就这么定了。"

"在车里拍？"

"不，在棺材里。它就在花园，我给它建了个玻璃陵。"

他踱到窗边，掀动几个开关。齐整的紫杉篱笆中顿时亮起一个方正的玻璃匣子——伦尼森看见里面有个鲜红的东西，盖子敞开着，周围是一圈白石子和几盆仙人掌。

"我死后就会躺在那里面。顺便，我已经把你指定为我的遗嘱执行人了。不过不强求。"

他们回到厨房料理台前，莫兹利尖厉地一笑，随即又剧烈地咳嗽起来，几近痉挛。缓过来后，他说："嗯，不去明凯贝，你还能享受料理后事的乐趣。话说明凯贝的事你决定了吗？"

"容我想想。"

他们开始用餐，佐以红酒，莫兹利用尖细嘶哑的声音说，他过去那项重振非洲铁路的计划搁浅了，因为中国人在这个领域后来居上。他不时停下来，把痰吐在一块蓝色手帕上，还说他每次都担心那会是自己最后一口痰。在餐桌上这样咳嗽是极不礼貌的，特别是这位先生还曾以举止优雅著称，但鉴于他已病入膏肓，自然也就情有可原。

饭后，他们又回到那个点着壁炉的房间，室内烟雾缭绕，令人如坐针毡，给人的感觉跟莫兹利接下来那番话如出一辙，因为他又提到了明凯贝。他发起新一轮攻势，几乎是在为难伦尼森了，想用激将法逼他以身涉险。

摄影师心里很不是滋味，连忙起身登上木质楼梯，准备歇息。当晚，伦尼森躺在阴冷的房间里，裹着发潮的被单回忆过去那个讨人喜欢的莫兹利，那个真正的奥德修斯，把资本引向未知地带的先驱。莫兹利把当年的一些冒险故事记录在他的《非洲笔记》里，那些蓝皮小册子是他自费印的，伦尼森床头那盏蕾丝台灯底下就放着好几本。

这些旅程为莫兹利带来了数百万英镑的财富，伦尼森如果通过考验，就能坐拥这笔巨款，但他却困惑不已，想不通为什么偏偏是自己。过去，他们的见面地点不乏域外之地——每扇门上都爬满绿色飞蚁的姆贝亚、莫桑比克庄严典雅的棕榈林、乌干达西部清奇别致的基索罗峡谷，甚至在索韦托有爵士乐声声的窝棚之中——每一次，他们都会产生一个错觉，仿佛这些地方只为他们这些外来者而存在。

莫兹利是这些地区最所向披靡的投资人，连对手都奉他为专家，但伦尼森做梦也没想过自己会继承他的遗产。当然，他也树敌无数。他曾在不少晚宴上反复播放过一段手机录音，内容是一位热心慈善的爱尔兰民谣歌手操着浓重的贝尔法斯特口音痛骂"查尔斯·莫兹利这个贱种"。伦尼森伸手抓过一本蓝皮小书，随手翻开一页读道："非洲投资市场处处是傻子陷阱。首先，记住，专家说的都是错的；你得清空投资思维，抛却陈规……"

他又读了几段，然后合上书，熄了灯，琢磨起莫兹利刚才提到的写作梦。一次，又是在某个充满异域风情的地点，伦尼森曾告诉莫兹利自己其实更想投资非洲,而不是拍摄非洲。莫兹利哈哈大笑,说别傻了,艺术终将征服一切。所以他这么做,难道就是因为这句话吗?就为证明这个?但遗产其实是利诱,从莫兹利开出的条件看,事情好像并不是这样。

有那么几秒钟,伦尼森躺在硬邦邦的枕头上独自思忖——他的妻子塔比瑟对此一无所知,因为她正在数英里外的诺丁山熟睡,至少他相信是这样。他想着要是有这么大一笔钱,就能自由创作了;但很快,他又回过神来,想起那种凶险可憎的病毒或许就在非洲等他,尽管这二十年来,有不少人认为正是它奠定了他最初的艺术声望、衡量了他日后的成功。他一面试着入睡,一面琢磨艺术与金钱之间的这场博弈,越想越觉得它只是冰山一角,背后还有一连串更加宏大的人生灾难,他担心它们正流着涎水虎视眈眈,像教堂屋檐上的滴水兽嘴一样面目狰狞,打算在他老去之前这段漫长的时光里伺机将他蚕食殆尽。

他自然想到了塔比瑟。塔比对他的旅行毫无兴趣,对伦敦西区以外的生活漠不关心,而且打心眼里不信任摄影这个行当。她或许偶尔也想美言几句,但话一出口却往往成了抱怨。她最讨厌为偏远地区的极端拍摄做行前准备。而他光是想到要深入危险地带,就得逼自己下定为艺术献身的决心。他成功过。为了追求场景的真实,他曾无数次铤而走险,常常是还没回过神来就按下快门,捕捉到了完美的画面。

这一切很难解释。晚宴上常有(除他妻子之外的)人问起他拍摄时的情形,而他总是哑口无言,因为越是成功的照片,似乎就越能改变过去,把他设想或经历的险境变得微不足道。等到他回家那天,塔比瑟往往只是接过照片,端详片刻,冷漠而含糊地称赞一句,然后就开始数落他又忘了干某件家务活。

他记得有一次,他刚从也门回来(在沙捞越山西麓抓拍羚羊),她就怪他出发那天早上没在附近遛遛刚果(他们的黑色拉布拉多犬,得名于他的早期作品),弄得花园里到处是狗粪。伦尼森痛恨这些活儿。塔比自己并不工作;她整个人死气沉沉,只有那条三寸不烂之舌活力四射,她每个月都能发明一种新的说法来诋毁工薪阶层和外国人,她换保姆像买埃玛·霍普女鞋一样勤。

伦尼森那晚睡得不好,早上,他在疲惫与烦乱中醒来,洗了把冷水脸,用的是一只小小的瓷盆,这种盆子,还有那种带拉绳的佩斯利窗帘,常在乡间宅邸出现,他不知自己是不是因为害怕而失眠。刷牙时,他意识到自己打心眼里反感莫兹利的提议;或许他最应该做的,就是赶紧拍完肖像,立马赶回伦敦。

咖啡稍稍缓解了他的烦闷,他愉快地发现莫兹利完全想错了,早上天气十分宜人。天空晴朗无云,一阵凉爽的微风从埃克斯穆尔吹来。

早餐过后,伦尼森从雷克萨斯上取来相机、三脚架和其他设备。他们来到屋外的陵墓前:它造型怪异,风格前卫,与这座栽满维多利亚玫瑰、插满覆盆子茎秆的老式花园格格不入。来自埃克斯穆尔的轻风围着玻璃墙打转,掀起墙脚的落叶。莫兹利打开门,两人走了进去。

棺材是漆木做的,真跟车库里那辆科尔维特一模一样,只不过小了一号,伦尼森上次来时,莫兹利曾用那辆车载着他在德文郡的乡间小道上风驰电掣,差点儿把伦尼森吓个半死。

伦尼森支起三脚架,装好相机,又在白色石子地上架起银色反光伞。

"那么,"莫兹利说,"现在是万事俱备,只等我进去了。这样我死后被人放进去时,大家就会记住我活着待在里面的样子。顺便,理查德,那个人就是你。"

"开什么玩笑。不是有殡仪员吗?"

"我一直在想这称谓是怎么来的,"莫兹利一边说,一边爬进鲜红的棺材,动作轻快,简直像跳进去的,"我是说,他们要承担些什么呢[1]?"他的声音在顶篷下回荡。

"介意我再把棺材盖上点儿吗?"伦尼森亲切地问,拿出了艺术家的不厌其烦。他查看着相机绿色显示屏上的测光表,它很敏感,稍稍碰到哪个按键,上面的数据就会变个不停。

四个月后,莫兹利真的躺进了那口棺材,伦尼森也踏上了他的加蓬之路。塔比瑟一反常态,对这趟旅行异常支持,

---

1. 殡仪员原文为"undertakers",按字面直译即"承担者"。

她说他既然当年都能做到,那再来一次又有何妨,言下之意是这趟远行能提升他的地位。她对潜在的危险毫不在意,她知难而上的态度俨然预示着他们的婚姻会有一个崭新的开始——新的起点,新的沟通,还有真正的性爱,那是他跟这个纤瘦凌厉的金发女人,这个莫名成了他妻子的女人之间从未有过的奢侈。

刚从布里顿谷回来那会儿,伦尼森很庆幸自己拒绝了莫兹利。但随后,莫兹利的死讯传来,他很快接到了律师冗长刻板的来信,其中专门强调了他继承遗产的条件,加之他本人又是遗嘱的唯一执行人,遗产的诱惑渐渐变得难以抵挡。

他坐在怠速的车上——不再是路虎了,而是一辆丰田陆地巡洋舰,他想起在一次拍摄中,库尔德人就管莫尼卡后视雷达叫陆地巡洋舰,因为它外观浑圆饱满。他打算先去明凯贝城里的酒肆和妓院看看,从那里不堪入目的景象拍起,然后再去探访更加可怕的丛林疫区,记录疫情肆虐的画面,其中最令人毛骨悚然的细节,想必就是死者汩汩流血的双眼。

伦尼森很想掉头开回布拉柴维尔,躲进舒适的米凯利斯酒店,上路以来,他已经不是第一次这么想了。酒店有个阿拉伯女人,脚踩高跟鞋,身穿飘逸的焦糖色连衣裙,曼妙的曲线极尽魅惑,当场就俘获了在吧台小酌的他;与其拍摄骇人的尸体或垂死的行尸走肉,他宁愿回去给她拍照——那些美轮美奂的照片本身就是一种满足。但一想到明凯贝,他就莫名紧张,只好断了这念头。

他用汗津津的手握紧方向盘，开始想象——或者不如说回想那些画面：大片大片的人血浸透本就沾满红色泥浆的柳条椅；还有乌伊先生和他的金牙、他那副手柄沉重的拐杖、他身边荷枪实弹的随从。这些正是二十多年前那组照片最大的亮点，当时拍下照片的他还是一个战战兢兢的年轻人，从没想过有朝一日自己的作品会这样值钱。

他还想起了自己给莫兹利拍的遗照：画面上总有一丝古怪的稚气，仿佛那辆艳俗的科尔维特不是（或不像）一口棺材，而是一个喜感十足的摇篮。他从十几个角度拍摄了棺材里的莫兹利——几乎涵盖了所有能想到的角度，但那份稚气总是挥之不去。

丰饶的密林在他四周膨胀，铺天盖地的绿色仿佛要吞噬道路，只留下一片静谧。非洲的道路要么破败不堪，要么就像崎岖的河床一样寸步难行，要么就堵满手持卡拉什尼科夫冲锋枪的劫匪。这条路却与众不同。它笔直、狭窄、平坦，路中央还神奇地长着一道迷人的荒草，完全是理想中的乡道；要不是丛林就在近旁，那样密不透风、不容忽视，走在路上的人恐怕会以为自己正稳步迈向伊甸园。

他完全可以继续向前；没有什么能阻止他，但他还是想回布拉柴维尔，回到那堆略显潦草的现代符号中去，其实，除米凯利斯酒店外，那完全是个呆板乏味的城市。

他依然坐在原地。引擎嘀嗒作响，沉闷的轰鸣声响彻车厢，仿佛应和着他的心跳。他尚未目睹死亡，就被臆想的惨景折磨得心神不宁，这就好比他还没拍下照片，就事先看到了自己承诺的那篇跨页文章。他怎么能在这个节骨眼上去明凯贝呢？要知道，他很有可能会赔上身家性命，不论是为了几张照片，还是为了账户末尾能瞬间多出无数个0。他觉得来加蓬真是愚蠢至极，彻底印证了他那位大金主暴虐的本性，他意识到自己过去彻底美化了对方——那家伙直到今天还在施加自己的影响，从坟墓里伸出了一只湿漉漉、黏糊糊的手。

伦尼森胆战心惊，突然想起在圣马洛的一个艺术节上，自己曾上台做过一场访谈，话题与旅行摄影有关。当主持人问他为什么而创作时，他说是为了还房贷。同台的一位法国摄影师听罢震惊不已，当即转向他说，这回答无异于艺术上的自戕。如果伦尼森只是在说笑，他补充道，那他也并不奇怪，因为盎格鲁-撒克逊人就是这么不诚恳。当时伦尼森曾据理力争，声称靠艺术糊口没什么丢人的，但现在，他没那么确定了。

他发出一声野兽般的号叫，踩下油门，往前开出好几英里，风呼啸着灌进敞开的车窗，如同上帝嫌恶的吹息；他又停下来。胸口剧痛。他还是来了，被死人的甜言蜜语骗回了非洲，而且——噢，胸口钻心地疼，心脏仿佛在胸腔里来回翻滚，就像上下翻动的眼睑。那种感觉，就好像他的想象太过真切，以致心中的恐惧涌入现实，得意扬扬地攫住了他的身体，抓紧他那颗鲜活的心脏，它是如此实在、如此生动，远非他那些想象所能匹敌。此刻，他回望着它，眼中几乎带上了一种恋恋不舍。

在他停车的地方，婆娑的树影在路面上舞蹈。现在已经多晚了？他究竟在这条无谓的路上浪费了多少时间？会不会比他想象中更久？很快他就该穿戴准备好的白色防护服和面罩了，然后就得拖着设备在满坑满谷的死人中跋涉，汗流浃背地不停按动快门。一种不祥的预感油然而生，他的心脏又开始在胸中怦怦乱跳，节奏散乱，毫无规律，如同一盒火柴纷纷落地。他一巴掌拍在脑门上，诅咒自己的懦弱，开始按揉前胸。

他打起精神，又向前开出一小段——停车的地方似乎恰好就是他当年初遇莫兹利的位置；不过他并不确定。他拉起手刹，与此同时，剧痛犹如一柄锋利的钢叉，直捣他的躯干。

剧痛再次袭来，叉子似乎想用利齿拢住他的心脏。浓稠的黏液从紧缩的心脏喷薄而出，顷刻间释放出他想象中的一切恐惧，它们沿着精神与肉体之间那条无形的通道原路返回，起初，它们正是从那里发起了攻击。

疼痛在扩散。现在，钢叉似乎在他胸腔里乱搅，他不仅身体疼痛难忍，精神也备受折磨；他仿佛被某种无形的力量扼住了咽喉。

他推开车门，跌跌撞撞地下了车，爬到路边，感觉阳光在背——但那不像阳光，倒像某种强大的力量，要从背后吸出他的心脏，在空中留下一道火焰；又像一颗逐渐暗淡的星辰，试图寻回自己千万年前失却的光芒，那时人类所知的冰川尚未成形，不列颠人、诺曼人尚未出现，庞大的帝国尚未建立，更不存在 SIM 卡、莫妮卡·莱温斯基和后资本主义。

现在，他清楚地意识到这是心脏病发作，却发现自己手边没有任何可以救命的东西。他像狗一样抬起头，望着路边一棵大树。他注视着它那不由分说、无动于衷的冷漠身影，想起莫兹利的木棺，很快，又一阵颤抖的剧痛直插他的胸膛，如同一个不祥之兆。

他嘴边泛起白沫，脸朝下倒地，啃了一口泥。尘土与白沫混在一起，成了膏泥。他翻过身，任阳光照在自己沾满泥土的脸上，但阳光却只照亮了他脸上死亡的惨白。

他举起双手，像攀岩者那样拼命扑抓空气。他听见一声鸟鸣，看见一群绿色鹦鹉从树上腾空而起，直飞天际。它们扑棱棱地拍打着翅膀，仿佛在为他的动弹不得鼓掌，然后它们消失在布拉柴维尔方向，似乎也像他一样，不愿进入加蓬。

接下来是一阵静默或凝滞，但一个锣鸣般的尖声渐渐充斥了他的耳膜，一只蚂蚁缓缓爬上他的耳廓。他仰面朝天，阳光下，他脸上的惨白逐渐渗入眼帘，眼前顿时白茫茫一片，就好像那位艺术总监撤掉了他承诺的那篇文章，用鼠标点掉了画面上所有的色彩。最后，他艰难地爬向车子，爬一步歇两步，如同拥堵中的汽车，与此同时，那些他尚未拍摄的画面，还有他的自我形象，那不知怎的，竟浮现在凝视大地的太阳的形象之上——开始逐像素消退，直到世界归于一片空白。

TESTAMENTS

证明

琳内·特拉斯

LYNNE TRUSS

2010年春天,一场家庭会议在霍格兰德庄园召开,庄园位于威尔特郡,就在德维兹镇附近。主持会议的是新继任的第十四代多宁顿伯爵,时年三十六岁,教名弗朗西斯,不过自幼就被家里人称作弗朗哥。与会者还包括弗朗哥的妻子特蕾莎,子女克里斯平和安娜,姐姐哈丽雅特。他那个不成器的弟弟朱利安有目共睹地缺席了,因为他忙于写歌,实在抽不开身,不过他保证再过一两个月,等创作压力有所缓和就从帕特莫斯岛[1]回来。眼下,三个大人在宅子深处的旧图书室里交谈,窗外就是一度美不胜收(如今却破败不堪)的花台,孩子们则悄然探索起这栋宅子来。

会议关系到庄园的未来,讨论激烈而有成效。朱利安没来真是可惜。六个月前,弗朗哥的父亲,即第十三代伯爵突然去世,才六十八岁。当然,他去世之后,子女们在例行的悼念中可谓诚恳而真挚(每个人都潸然泪下,这连他们自己

---

1. 帕特莫斯岛(Patmos)是希腊爱琴海上的一座小岛。

证明 | 129

都没想到），不过与此同时，弗朗哥和哈丽雅特却一致认为，伯爵的骤然离世是他们的天赐良机，家里人也莫不赞同；事实上，只有全国各地的次级拍卖行会痛惜他的与世长辞，失去伯爵这样的忠实客户，是他们莫大的损失。凭借一掷千金的豪爽和那句亲切的口头禅（"这简直天值地值！"），他在地方拍卖界大受欢迎。不过他的子女却更为现实。见他挥霍无度，为毫无价值的"过眼云烟"散尽千金，他们深感忧虑。正是由于这个原因，他的离世（在一场生日派对上坠下庄园屋顶）才令他们如释重负、跃跃欲试。当然，他们也担心遗产会被征收巨额税金。虽然这些年来，凭借明智的婚姻、顺遂的地产投资和在股票经纪业十余年的摸爬滚打，弗朗哥累积了一笔相当可观的个人财富，但即使加上继承的份额，他的财产也仅够勉强保住庄园而已，前提是完全不考虑父亲那批稀奇古怪的"藏品"。因此，当女王陛下的税务海关总署经过仔细评估，宣布除这处房产外，第十三代伯爵的遗产"毫无价值"时，他们的欣喜可想而知。得知这个消息，一家人有悖常理地欢欣鼓舞，相约碰头，为下一步行动制定了三点策略：

1. 弗朗哥一家将入住霍格兰德，并适时向公众开放庄园。
2. 那批毫无价值的藏品（无论什么类型）将统一交由哈丽雅特保管，她将以某种后现代的方式把它们推销给访客。
3. 朱利安想回来住随时欢迎。

会后，五个人（包括孩子们）举杯相庆。

"爸爸？"十岁的克里斯平发话了。他父亲没搭理他。特蕾莎注意到克里斯平的失落，却没法给他说话的机会，因为有个大人（哈丽雅特）突然冒出个想法。

"咱们得想个有意思的口号！"哈丽雅特高呼。她曾在伦敦一家出版商担任公关，所以自然，宣传事务都由她负责。

"什么意思？"特蕾莎说。

"爸爸？"克里斯平又说。

"等会儿。"弗朗哥说。

"我不知道，"哈丽雅特说，"我还没想好。不过，你看，唔，就比如霍华德城堡，只是没有——"她停下来，开始冥思苦想。

"我知道我知道，有了，"弗朗哥说，"如博利厄[1]——"

"然后呢？"

"只是没有汽车。"

大家都笑了，除了克里斯平。

"怎么了，亲爱的？"特蕾莎问。

"妈妈，我只想说，安娜和我刚才在楼上看到些东西。"

弗朗哥做了个鬼脸。"你爷爷是个傻瓜，克里斯平，"他说，"那些东西是不是很糟糕？"

---

1. 博利厄（Beaulieu）是英格兰汉普郡的一个村庄，英国国家汽车博物馆所在地。

证明 | 131

克里斯平低声说:"爸爸,那纯粹是垃圾啊。"

五年后,霍格兰德庄园生意兴隆,游人如织。人们似乎已经看腻了标准的乡间住宅,厌倦了重金打造的仿古家具和无足轻重的十八世纪肖像画。在霍格兰德庄园,人们能一睹世界上规模最大的空白 Betamax 录像带[1]收藏(位于原来的马厩),还能欣赏到可爱的 50 年代种子包展览(设于宴会厅)。但人们却对此视而不见,只在意网上对庄园茶室的评价,看到清一色的五星好评,他们会想:"干吗不去试试呢?"茶室,是乡间庄园游最大的卖点;开门迎客之前,弗朗哥和特蕾莎走访了不少已经开业的庄园,意外地发现很多茶室都拥挤不堪、敷衍怠慢、违背人性。有鉴于此,他们别出心裁,在霍格兰德庄园价格不菲的入场券中包含了一壶免费好茶,还为儿童提供适当的软饮,供游客在橘园咖啡馆享用。就这样,主顾们络绎不绝地上门了。接下来的事情,只需交给难得一见的天才接待员、茶室经理贝萨妮打理就可以了。

朱利安终究还是从希腊回来了,但并不打算插手庄园事务。他们把"农舍"腾给他住,那地方有个好处,就是远离主屋,不受往来游人打扰。"我们巴不得自己去住,"弗朗哥在电子邮件中假惺惺地说,"不过有安娜和克里斯平在,我们实在

---

1. 1975 年索尼公司研发的一种磁带格式,在与其他同类产品的竞争中失利,最终被淘汰出市场。——编者注

是住不下。"多宁顿三姐弟小时候常在庄园领地玩耍,所以都很熟悉那栋略显偏僻的小屋。弗朗哥根本没想过去那儿住;他和特蕾莎对主屋楼上明亮的房间十分满意。哈丽雅特对那儿也没兴趣,她在村里一家渔具店楼上买了套漂亮的小公寓。但朱利安却对独占整栋农舍求之不得。"好嘞,弗朗哥。"他在回信中说。他在帕特莫斯跟一个德国女人同居,她总是怨气冲天,叫人扫兴,成天念叨说要不是她没日没夜地给人打扫卫生,他俩根本就吃不起饭、交不起租,可他倒好,整天只知道在阳台上摆弄他的吉他。在这种条件下,朱利安实在无心创作,开始认真考虑回英格兰的事。就这样,到了2014年,德国女人偶然得知伯爵已去世多时,还给她那个游手好闲的男朋友留了笔遗产。一怒之下,她抄起朱利安的吉他投进海港。吉他冒着泡沉入水底,几个当地人发出由衷的欢呼。事已至此,朱利安终于跟她摊了牌,收起行囊扬长而去。据说直到今天,从码头上望过去,依然能看见他那把吉他躺在水底崎岖不平的海床上。可爱的爱琴海岛屿周围的海水,就拥有这样传奇般的清澈。

"他跟我们一起吃饭吗?"特蕾莎问,那天朱利安刚带着他那点儿可怜的行李搬进农舍。

"希望不会,"弗朗哥说,"那儿的厨房不是也挺不错吗?"

"不知道啊。都是贝萨妮备置的。她要了点钱,打算买些有的没的,再扫扫烟囱之类的。这你没意见吧,亲爱的?"

"当然没有。"

弗朗哥笑了："你看，从这儿能看见农舍亮灯了。在树丛背后。"

"哦，真的。"

他俩同时向外张望。

"你不会对朱利安有什么指望吧？"他说，忽然显得忧心忡忡。

"怎么会！"她笑着说，"绝对没有！"

"他真是无可救药。"

"没错。"

"小时候，爸爸最疼的就是他了。可后来，他却开始自命清高。"

"最小的孩子总是养尊处优，"她说，"说真的，他都没法养活自己；你跟哈丽雅特就不一样，你们出色极了。"

*

的确，朱利安绝不可能像弗朗哥和哈丽雅特那样，能从十三世伯爵那堆垃圾上看到商业价值。他俩干得相当漂亮。目前，最受游客青睐的房间非客厅莫属，那里悬挂着五十二幅新旧不一，但一模一样的《绿色女士》[1]肖像，其中一些还

---

1. 《绿色女士》又名《中国女孩》，由俄罗斯画家弗拉基米尔·切奇科夫创作，是二十世纪最畅销的艺术版画之一。

带有"博姿"[1]的价签(价格从 25 先令到 32 先令 6 便士不等)。(《卫报》周末版曾写过一篇文章抨击《绿色女士》,但显然并没影响它的销量。)

"这些他全都做不到。"弗朗哥说。

"是啊,亲爱的。可怜的朱利安,错失良机。"

他们沉默片刻,想着可怜的朱利安和他错失的一切。

忽然,弗朗哥冒出个想法:"我在想要不要过去打个招呼,其实我都好几年没见他了。"

特蕾莎能从他的语气中听出某种猫腻。他才不会征求她的意见呢。她微微一笑。

"你自己看着办呗,亲爱的,"她说,"不过他刚到,估计挺累的。"

"那肯定。"

"他或许只想洗个澡,早点歇息。"

"嗯,我要是他,肯定也会这么想。"

"而且贝萨妮也说了,她会在那儿等他,告诉他东西都怎么用。"

"是吗?她真是太棒了!"

朱利安和弗朗哥第一次正面冲突,是在他搬进农舍一个多月后。弗朗哥虽说早就见惯了朱利安那副清高样(朱利安

---

[1]. 博姿(Boots)是英国一家药妆连锁店。

只比他小两岁，所以他俩在温切斯特和基督堂学院都有过交集），但心里还是有些难受，因为朱利安对霍格兰德庄园的家族生意完全不闻不问，好像它根本入不了他的眼。初次参观主屋时，朱利安果然大失所望，原来，帕特莫斯那个德国女人是个极具说服力的新新人类（虽说总怪男友不会挣钱养家），她会为游客占星，笃信因果报应、东方草药，还认为物质财富会妨碍精神修养。在这方面，她跟自命不凡的朱利安简直是天生一对。因此，当朱利安第一次站在那堆杂物面前，得知这就是庄园最大的卖点时，他的反应完全出乎弗朗哥意料，他既没发笑也没惊叹，而是表现出由衷的震惊和气愤。马棚里，陈年的 Betamax 录像带堆积如山（两千卷录像带，由十三世伯爵在十五年间分批购入），朱利安看得脸都绿了。弗朗哥却不管不顾，带着他继续参观。怪只怪朱利安自己太过敏感。

"厉害吧，"他笑着说，"考陶尔德有个观念艺术博士生，论文就写的这个。她把这儿跟乐高乐园做了个对比。你还没看到那些玛格罗兰小童车呢，我们有七百五十辆，全是蓝白相间的。壮观极了。"

参观完，朱利安留下来与弗朗哥和特蕾莎共进晚餐，想为自己刚才的反应道歉；但他话一出口，却与道歉差出十万八千里，而且自此之后，他再没来过主屋。出于好意，他带来了希腊烈酒；餐后，他在桌上点起一支希腊香烟，全然不顾弗朗哥那句"请别这样"和特蕾莎情不自禁的小声惊呼。

"我只是觉得有点儿吓人,弗朗哥,"朱利安说,"那规模。"他语气亲切。那瓶希腊酒基本被他一个人喝了。

"没事,"弗朗哥说,特蕾莎起身打开一扇窗,"不是每个人都能体会其中的妙趣。哈丽雅特和我经常遇到这个问题。"

朱利安眉头一皱。他并不认为其中有什么妙趣是自己无法体会的,他往茶碟上抖抖烟灰:"好,那你觉得老爷子为什么要买 Betamax 录像带呢?"

这个问题正中弗朗哥下怀。他这些年来已经被问过无数次了。"因为它们一文不值,朱利安。没人想收藏这玩意儿。老爸以前是嬉皮士,这只是他批判物质主义的方式。仔细想想吧,Betamax 录像带转瞬即逝,毫无价值,简直就是物质享受的缩影。"

朱利安点点头:"所以你真觉得这跟妈妈无关?"

"妈妈?"弗朗哥匆匆瞟了一眼特蕾莎。他原以为自己无论说什么,朱利安都会从理论上驳斥,但这招完全出乎他意料。

"好吧。咱们小时候不是有过一台录像机吗?"

弗朗哥耸耸肩说不记得了。他看不出这有什么关系。他感觉不大自在:"很多人家里都有录像机啊。"

"但我们那台是妈妈买的,"朱利安说,"你不记得了吗?她每学期都会给我们录像,好让我们放长假的时候看。"

"噢,对。"弗朗哥说。他仔细一想,还真是。他们的母亲在他十岁那年死于癌症——有时的确会写信寄到学校，叮嘱他千万别错过某几集《蓝彼得》。回到家，他总能找到一摞录像带，上面写着"弗朗哥"。

朱利安使出了杀手锏："当然啰，在我们还是婴儿的时候，她肯定也用玛格罗兰小童车推过我们。"

他做了个鬼脸，好像在说，你知道我说得没错，对吗？弗朗哥只好说："你不是来道歉的吗？"

然后，朱利安说："这些东西你怎么能光看表面价值呢，弗朗哥？你真这么傻吗？还记得你当时是听我解释才知道妈妈病了吗？"

"因为她说她没事啊！我才十岁啊！"

"我才八岁呢。"

于是，弗朗哥终于说了那句（不该说的）话："噢，你干吗不滚回希腊呢？"

朱利安走后，弗朗哥望着山坡下的农舍，眼看它亮起灯火。他不敢承认自己的愤怒。当晚，凌晨三点，他偷偷溜下楼去看那些小童车，它们的排列独具匠心，七十五辆一排，一共十排，看完，他放心了。他没有开灯，在月亮的清晖中，车阵的确展现出一种美、一种幸福和怀念。但毫无疑问，它们依然是垃圾一堆。

朱利安为自己晚饭时的失态后悔不迭。不过，夜里，他在床上跟贝萨妮讲起这件事时却吃了一惊,因为她竟认为他当晚最恶劣的行为是在餐桌上抽烟。

"真的吗?"他说。

"那是不对的,朱利安,"她说,"起码得先征求别人同意吧。你问他们了吗?"

"不记得了,应该没问。不过总之,我觉得抽烟不是重点。他就是不肯承认我是对的。真可怕啊,他们在这儿做的事,简直骇人听闻。"

"我很想去希腊看看。"贝萨妮说。

"我很乐意带你去,"他说。然后他突然坐起来:"咱们明天就走。"他说。

贝萨妮笑道:"我去不了,你知道的。"

对了,跟贝萨妮这档子事,从朱利安入住第一晚就开始了。那天她在农舍等他,烤了一份全素的希腊千层茄子,还在客厅点了柴火。她特别在意别人的高度评价,弗朗哥和特蕾莎正是看中这点才把茶室托付给她,果然成绩斐然。弗朗哥很小心,尽量不在妻子面前过多地称赞贝萨妮,因为特蕾莎会嫉妒那些比她更会持家(而不是更漂亮)的女人。不过事实上,发生不快的概率微乎其微,因为特蕾莎几乎跟弗朗哥一样喜欢贝萨妮。这个可爱的三十岁女人总是笑眯眯的,深谙待客之道,手下有一支讨人喜欢的十人团队,深受员工爱戴;而且,尽管她曾与男友一同遭遇严重车祸(男友身亡),

但那些敬爱她的员工对此却毫不知情,也从未起疑。可朱利安不同,他才认识贝萨妮两小时,就嗅到了她隐秘的创痛。他就是有这本事。只要身边人心底隐忍悲伤,他就是名副其实的人形探矿杖。

"一棵树倒下来砸在车上,"贝萨妮一边说,一边把碗盘收进新装的洗碗机,"就这样。"

"就这样?"

"这事上了新闻,"她说,"车子彻底毁了。我能活下来是个奇迹。他的小女儿当时在后座,也遇难了。"

贝萨妮讲得轻描淡写,朱利安对此十分不解。她是在逞强,还是在逃避?总之,她不断挡开他的关心。

"噢,天哪。是你开的车?"

"嗯,但那不重要。我说过了,一棵树倒下来砸在车上,是飞来横祸。"

这桩意外的确上过新闻。画面上有棵粗壮的大树,枝繁叶茂,横卧在地,阻断了道路,镜头不时对准树干下那辆被压垮的汽车。

"可你一定很自责。"

"怎么会,我有必要自责吗?"

朱利安皱起眉头。有时候,众人皆醉我独醒的感觉也挺不好受的。

"那你肯定接受心理干预了吧?"

"没有。"

"没有?"

"你看,我真不想聊这个,那已经是五年前的事了。"

朱利安不肯罢手。

"中医认为,"他说,"心中的隐痛会反映在身体上——譬如手上。你有没有感觉到什么奇怪的刺痛或麻痹之类的?"

贝萨妮做了个鬼脸。"我又不是中国人。"她说。

朱利安不再多说。他知道自己听上去有些不近人情。所以,为了转换话题(顺便缓解气氛),他决定跟可爱的贝萨妮上床。

弗朗哥开始对农舍里的生活感到好奇。夜里入睡前,他眼前会浮现出那栋小房子的某些局部:楼上的拐角、壁炉、墙上他母亲的水彩画。朱利安回来后,他开始愈加频繁地想起母亲。记忆的片段不时闪现——消毒水味,踏上宽阔楼梯时橡胶鞋底摩擦锃亮的地板的嘎吱嘎吱声。他从不费心去铭记童年往事,因为大他三岁的哈丽雅特比他记得清楚。他向来很懂放权。但现在有几件事,他感觉有必要问问哈丽雅特了。比如他过去就从没想过,母亲那边为什么连一个亲戚都没有?这岂不蹊跷?多宁顿家这边倒有祖父母、堂兄弟姐妹和伯祖父们。但母亲那边始终是一片空白。

无独有偶,哈丽雅特也想起了母亲。她突然想写篇轻松简短的家族史，放在第二版霍格兰德庄园游客手册上。当然，重点主要是多宁顿家族那些滑稽古怪的事迹，譬如第十代伯爵蒸蒸日上的鸟粪生意。写到上一辈时，她只提到自己古怪的父亲和他随意却执着的收藏癖；对他的婚姻，她只字未提。不过，谁要是有心在网上搜搜第十三代伯爵，就会立刻发现他年轻时劣迹斑斑：网上不仅有关于"多宁顿瘾君子"的60年代新闻剪报，还有闪光灯下的过曝照片，照片上，哈丽雅特的父母青春逼人，双腿修长，跟滚石乐队成员一起瘫倒在深色天鹅绒靠垫上，慵懒安闲。哈丽雅特把这些照片都保存下来，拖进电脑上的一个文件夹。在另一张照片上，这对夫妇已年过三十，沉静了不少，俨然一对金童玉女，他们在霍格兰德庄园的领地上相视而笑，带着他们的三个孩子：哈丽雅特自己（六岁）、站在她身旁的弗朗哥（三岁），还有母亲怀里的朱利安。

哈丽雅特始终未婚。事实上，男人都对她毫无兴趣，一是因为她总想以睿智服人（虽然说真的，她并不怎么睿智）；二是因为她毫不顾及他人感受；不过根本原因还在于她那尖厉而做作的嗓音。几乎每个跟她说过话的人，都会本能地想逃跑或是应战。从艺术史专业毕业后，她在伦敦一家出版社当过两年公关，出版社相当看重她的姓氏，可惜却不怎么看重她的嗓子。同事们也不大喜欢她，因为她入社头一个月刚领到工资，就拆开工资条尖笑着嚷嚷："去他妈的吧，这点儿钱哪够生活，是吧？"后来，她离开了出版社（两厢情愿），发现很难找到下家，索性搬回威尔特郡，从此就一直住在这里。回忆伦敦岁月，她依然记得自己在二十五岁生日当天跟父亲吃了顿痛苦的午餐，地点就选在大英博物馆附近的一家希腊小餐馆。他那天的表现至今依然令她费解。他连酒都没喝，只是握着她的手，含泪注视着她，"我爱你"三个字仿佛就在嘴边。但他一开口，说出的却是那句奇怪的话："你妈爱死希腊葡萄叶包饭了。"她随即深吸一口气，正要说点什么，不料他却把手按在她嘴唇上说："嘘，哈丽雅特，求你别说话。"

朱利安从希腊回来六周后，弗朗哥开始怀疑弟弟跟贝萨妮关系非同一般。他拿不定主意要不要告诉特蕾莎，因为她如果问他是怎么知道的，他就得承认自己最近总爱趁着夜色爬上屋顶，用望远镜观察农舍，而且他还跟踪了贝萨妮。一个午后，弗朗哥看见朱利安手提一只空塑料购物袋走过（肯定是要去村里），他就下坡来到农舍前，擅自进了屋。里面的情形果然如他所料：既凌乱，又有种说不出的风雅。室内温暖宜人，空气中弥漫着丰富的香气，分别来自咖啡、昨晚的煤灰和新出炉的面包。客厅唯一能坐的椅子扶手上赫然搭着一本预言资本主义末路的严肃书籍；那张老旧的高背木椅上放着贝萨妮的针线篮；乡村式厨房桌上，有两本快翻烂的《新政治家》杂志和朱利安的笔记本电脑，屏幕停留在朱利安的脸书主页,显示他果然正在跟世界各地的朋友分享中东新一轮人道主义危机的视频。

弗朗哥没再多待,也没看别的东西。朱利安的农舍散发出的高尚情操让他怒不可遏。当然,他不该往心里去,但这个习惯由来已久,已无法改变。朱利安总能让他怒不可遏。他俩二十多岁时曾在伦敦短暂合住。一天,弗朗哥到厨房里找茶包,发现盒子上的图片——一位迷人的印度采茶女,穿着纱丽——被朱利安用蓝色圆珠笔画得面目全非。弗朗哥和特蕾莎当年的结婚地点是一座浪漫的加勒比种植庄园。婚礼当天早上,朱利安故技重施,全然不顾弗朗哥的恳求,专程去参观了当地的奴隶博物馆。事后,朱利安闭口不提他在博物馆的见闻,美其名曰不想扫大家的兴。这样一来,他自然还是如愿扫了大家的兴。

弗朗哥快步赶回主屋,他跟哈丽雅特约好在那儿谈事情。路上,他遇见了忧心忡忡的特蕾莎。
"贝萨妮的手不大对劲,"她说,"她老把馅饼掉在地上。"
"什么?"
"她说她的手没知觉了。显然,她心里一直压抑着某种创伤。"
"压抑着什么?"
"奇怪吧。总之我让她休息休息,把工作交给别人。"

弗朗哥一脸绝望。贝萨妮是不可或缺的,贝萨妮怎么能出事呢?

事后,特蕾莎依然记得弗朗哥奇怪的反应。得知贝萨妮病了,他猛地转过身,回头望着农舍,说了声:"朱利安!"

两年过去了。朱利安的回忆录《我父亲的破烂儿》发表后,获得了极高的赞誉。封面上那张冲击力极强的童车照片迅速成为一大符号。文学界把朱利安与艾德蒙·德瓦尔[1]相提并论。尽管他矫揉造作,不苟言笑,还自认道德完美,但这丝毫不妨碍他大获成功;各大文学节上,无数人为他而来。他赤脚登台,头戴巴拿马草帽,身穿麻布裤子,一手一瓶开过的啤酒。据说他美丽的妻子贝萨妮因心理创伤而手部残疾,所以他们才不得不搬进霍格兰德庄园,但其实,众所周知,他更愿意住在边上那座简朴的小农舍里。这大大增添了他的神秘魅力。

贝萨妮开始拿不住馅饼后不久,朱利安就在村里碰见了哈丽雅特,顺便问起她在忙些什么。显然,这次巧遇起了决定性的作用,让他觉得出于道义考虑,自己必须做出历史性的表态。在她的公寓里,她给他端来咖啡,继而开始抱怨庄园的下一个展览会是多么棘手:朱利安可能不知道,除去《绿

---

1. 艾德蒙·德瓦尔(Edmund de Waal,1964—),英国陶瓷艺术家、小说家。

色女士》、小童车、Betamax 录像带和种子包之外，他们的父亲好像还收藏二手阿富汗大衣，那玩意儿臭气熏天，被虫子啃得稀烂，简直恶心又有害健康。

朱利安目不转睛地盯着姐姐，意味深长地说："阿富汗大衣？"

"是啊！"她尖声说，"你能相信吗？阿富汗大衣！"

她和弗朗哥讨厌失败，她继续说。他们不是已经创造了"变废为宝"的奇迹吗？但阿富汗大衣又完全是另一回事了：它们或许就应该被销毁。说真的，现在唯一能做的，就是把它们塞进火炉。没人会知道的，而且就算有人知道，也不会在意。

"可你们不能那么做啊。"朱利安说。

"你什么意思？我们凭什么不能！"

"不行，"他说，"你们不能，因为我绝不允许。"

《我父亲的破烂儿》最为评论家称道的，就是其中成熟的情感。朱利安在书中讲了事情的始末：自己从国外回来，发现眼拙的哥哥姐姐竟将父亲饱含深情的藏品陈列在祖屋供人耻笑，丝毫没有正视它们令人心碎的深意。虽然他们从小就知道母亲是 60 年代一位白手起家的模特儿，但他的哥哥姐姐可曾知道，她当年曾在"博姿"售卖批量生产的印刷图片，图片上画的通常是白马踏着雪白的浪花跃上海岸，还有皮肤呈诡异绿色的长脸女人？他们难道忘了母亲在切尔西镇政厅结婚时,穿的就是一件阿富汗大衣?而她唯一的嫁妆,就是几包过期的种子?他麻木不仁的哥哥姐姐无法正视《我父亲的破烂儿》。面对自己继承的藏品,他们依然故我,不肯接受那个显而易见的解释:父亲始终没能走出丧妻之痛,而霍格兰德庄园那些藏品,也绝不仅是修筑高耸入云的"过眼云烟"纪念碑所需的原始素材,而是他痛失挚爱的有力证明。

最终,弗朗哥决定举家迁回伦敦,他知道什么时候该认输。他重操证券经纪的旧业,指派了一位代理人管理庄园。他并不介意朱利安搬进主屋,因为那起码意味着贝萨妮过得还好。他依然拒不接受朱利安对父亲那堆破烂儿的阐释;不过倒也没那么反感了。他对朱利安唯一的反击,就是在贝萨妮面前拆穿他外行的谬论,说中医专家(他请教了三位)彻底驳斥了所谓创伤会"通过手部释放出来"的无稽之谈。但已经晚了。《我父亲的破烂儿》荣获了非虚构写作奖;朱利安成了《今日秀》的客座编导;庄园开始给游客发放纸巾,又更改了参观路线,好让陈列小童车的那个房间("令人心碎"——《观察家报》)成为全程当之无愧的泪点。

同样来得太晚的,还有德国女人从帕特莫斯寄给弗朗哥的信。她还随信附上了朱利安落下的几份文件。弗朗哥在办公室收到了那个小小的包裹,起初,他只觉得有些困惑。看样子德国女人还在生朱利安的气。在与她同居的那段时间里(她写道),朱利安总让她因为必须整天工作无法陪他而心怀愧疚！即使他一点儿也不帮忙！一天到晚只知道弹他那把该死的吉他！（一大串感叹号。）他还弄坏她的东西，她一生气，他就指责她只在乎物质不关心人！弗朗哥完全能理解为什么在朱利安离开多年后，德国女人还是这么愤愤不平。

随后，弗朗哥在那堆文件里找到了第十三代伯爵的一封信。信是在朱利安二十几岁时写的，夹在一本《麻姑》里尚未拆封，所以德国女人这么晚才找到它。弗朗哥坐下来，盯着它，心中忐忑。父亲的亲笔信本就已经非常罕见，这封偏偏还是在他刚开始收藏破烂儿那段时间写的，而且朱利安连拆都没拆？弗朗哥坐稳身子，拆开信封，准备认命。这封信会证明朱利安是对的，不是吗？它想必就是那位痛失爱妻的鳏夫心底的哀号，证明父亲把令人心碎的深意寄托在……那堆破烂儿身上。

但他错了，那并不是这封信的内容。

亲爱的朱利安（信中说），

首先，不知你是否收到了我寄给你的生日支票？你没答复，不过根据以往的经验，我并没多想，因为这种日常琐事你向来不屑过问。只不过我注意到，支票像往常一样立即被兑现了，所以我自然希望这笔钱确已如我所愿，得蒙公子惠存。

接下来该好好感谢你了，我收到了你寄的书，也了解了物质主义的丑恶。我读得开心极了，而且下面这个消息你听了一定会非常高兴：受这本书启发，我立即在星期五的蒂弗顿特卖会上买了一大堆毫无意义的垃圾，多得能堆成一座小山！你根本想不到这是多么酣畅淋漓，多么奇怪地令人振奋。旧录像带、老照片、各式各样的累赘，全都粗制滥造、一钱不值。第一批货今天早上就要到了。所以，像往常一样，我必须向你致以由衷的谢意，是你给我指明了方向。24号，伍斯特还有一场特卖会，我打算横扫全场。他们在广告上说，到时候会有一大批"小童车"。那到底是指很小的手推车呢，还是给小孩子推的车呢？但愿不是后者，但前者我又想象不出来。不过究竟是哪种，我想到时候自有分晓。

我觉得很对不起弗朗哥和哈丽雅特，我死了还得麻烦他们把这一大堆垃圾扔掉，但一想到你继承这种东西时良心会有多痛，我就买得停不下来。你们这几个孩子都太较真儿了！你亲爱的妈妈和我一致认为，这样不好。我的天哪，朱利安，放轻松些吧。你毕竟只活一次啊，老伙计。

爱你的，

爸爸

WENSLEYDALE

温斯利代尔*

阿米特·乔杜里

AMIT CHAUDHURI

*. 英格兰奔宁山脉的一处山谷,以盛产奶酪闻名。——编者注

因为爱,让别的风景黯然失色,
化方寸斗室为万千世界。
让航海家驶向崭新的天地,
让舆图带他人尽览殊方异域,
让我们拥有唯一的世界,你的是我,我的是你。

我的脸庞映在你的眼中,你的面容映入我的瞳孔……[1]

---

1. 出自约翰·多恩的诗歌《早安》。

我一直想成为作家，巴巴[1]。我想自我表达——微小的事物蕴含无穷的美。我不太会写，巴巴——但我热爱文字！假如我不是生在这个家庭，假如我不是比卡什爵士的儿子、普南杜爵士的侄子，一切又会怎样呢？那样的话，我或许就有机会成为作家，就不必读经济学了。我生性驽钝。我喜欢剑桥，但我讨厌经济学，我学不懂。我实在没有勇气告诉父母，我爱的是生命，而不是他们视为生命的那些英国大老爷[2]的玩意儿。我是说，我热爱简单的事物，比如一月清晨的阳光，我现在就坐在这阳光里。

*

我爱冬日的阳光。温柔又甜美。Mishti[3]，这个孟加拉词太

---

1. 巴巴（baba），穆斯林对男性长者、学者的尊称。
2. 原文为"burrasahib"。Burra 在印地语中意为"伟大的，高尚的"，Sahib 原是印度对男子的尊称，进入英语后，这个词成为英属印度特有的尊称。
3. 孟加拉语，大意为"甜美"。

传神了,不是吗,阿米特?孟加拉人不甜美,但他们对甜食却有无尽的热情。石蜜、各式各样的米饭布丁,不过还是阳光更可口。

*

太阳很远。等阳光抵达下环路,落入我端坐的这间屋子的后门廊时,它已经——该怎么说,巴巴——变成了轻抚。我这么说没错吧,巴巴?我过去喜欢在这儿读《政治家报》。其实直到几年前都是。那时伊拉尼还每天在上面发表他的"警世通言",《加尔各答笔记本》栏目上还写满这座城市的喧嚣。伊拉尼死前丧失了理智。《政治家报》还有位记者,极其博闻强识,也时不时就会抽风,兰詹·森,就是他!我现在改读《电讯报》了,正在读,但读得很不耐烦。我注意到,《电讯报》上的"致编者信"比《政治家报》上的庸俗多了。意料之中的事。这不是个文艺的时代,对吗,巴巴?多糟糕的时代。有时候,我会觉得有必要回应伊拉尼的话。这你是知道的。我还给你寄过一份剪报呢,对咯。我在信中对他基本赞同,不过也留心提了不同意见。我那些信全发表了,巴巴,登在报头。我这个人没什么了不起的成就,但我起码发出了自己的声音。朋友们读到那些信,会给我打来电话。有时候,我会跟乔蒂·巴苏产生分歧。补充一下,阿米特,乔蒂先生和我关系很好,他经常来吃晚餐。有一回都没提前打招呼。他特别爱吃中国菜,我们就从吉米小厨点餐。我们长谈入夜,了不起的乌玛毫无怨言。其实她精通政治——不过她那些话乔蒂先生不见得爱听。

※

你今天早上在做什么?吃过早饭了吗?吃的煎蛋卷吗?什么,你没有鸡蛋?

我没打扰到你吧,嗯,巴巴?一定要再来喝茶啊。星期四行吗?你不打算去哪儿吧,嗯?你总在旅行,巴巴……

※

你有一次对我说,旅行就是修行。你是指什么呢,巴巴?我不懂你的意思。我真心想弄懂。你说你讨厌旅行,我觉得这话很不寻常。我很愿意坐上飞机,飞到西班牙,我兄弟住在那儿。或者飞到巴黎。我有四十多年没回过英格兰了。我想念草莓。还是你有福气,巴巴。特别有福气。下个星期四你有空吗?

我脑中总会冒出小说构思。但要写下来,我想我没那个魄力,巴巴。你肯定很有毅力。你每天上午都写作吗?太有毅力了。我吗?我完全无事可做啊!不过我还是见过世面的。那是很久以前的事了,可我看过那么多该死的风景,我想比所有来喝茶的人看过的都多。别笑,巴巴,不过我开始在日记本上记笔记了。为了写小说。你也这么做吗,巴巴?当然啦,你肯定知道我说的"写作"或者"记录"是指什么。就是我口述,乌玛记录。那封关于你小说的信就是这么写的。话是我说的——字是乌玛写的。今早她又写了两封信,一封给《电讯报》,一封给萨默塞特郡一个叫杰奎琳的女人——她是朋友的朋友,两年前来看过我们。自那之后,我们就一直互相通信。

*

杰奎琳的曾祖父死在加尔各答,叫麦克德莫特还是麦克迪莫特。那年月加尔各答的苏格兰人很多,来建中小学和大学——都是些乐观无畏的家伙!最终不敌暑热。泰戈尔第一次听到《友谊地久天长》是在加尔各答还是伦敦呢?厉害,巴巴。所以她想重访印度。她以前从没来过加尔各答。我请她来喝茶。她说要给我带点奶酪,斯提尔顿奶酪。我喜欢奶酪,巴巴。这边就这个吃不到。吃阿慕尔[1]奶酪就像在嚼咸味的橡皮。哈哈哈哈!乌玛跟我都很喜欢那种……那种味道很冲的东西。

*

你说得没错,阿米特,据说现在很多东西都能在市场上买到了,不过乌玛说约翰逊家的价格最公道。你知道——就是奶酪、香肠、英国棕酱什么的。不,我不爱吃棕酱。说不清为什么,那玩意儿比马麦酱还怪。在剑桥时,我往吐司上涂过一回马麦酱。有人偷偷把它带进了食堂,想博大家一笑,就当做个试验,你从没吃过?它看上去就像阿育吠陀草酱,吃起来感觉很有营养。乌玛说约翰逊家的价格比购物中心便宜。你逛过购物中心吗,巴巴?什么,隔天就去一次?那些购物中心听上去真是不可思议。约翰逊家就在新市场最里面那排。我简直爱死新市场了。我有好些年没去了。乌玛每个星期都去。你说得对,我是可以去。那儿没有台阶。我有手杖——乌玛也可以搀着我。但我走不了多久,从客厅到卧室

---

1. 阿慕尔(Amul)是印度最大的乳业公司。

再到屋后门廊这点儿距离对我来说已经够远了。

在约翰逊家隔壁那家店里能买到噶伦堡奶酪,还有邦德尔奶酪——那是一种焦糖色的薄片,巴巴,很咸很粗糙,里面是白色的。很棒,还是熏过的。我们很久以前去过邦德尔。一个朋友邀我们外出远足,共进午餐。他是邓禄普公司的经理。我们那天吸进去多少灰尘和烟气啊!一吃到那种奶酪,我就都记起来了——邦德尔的烟熏味。

*

你说你很喜欢我们住的这栋房子。它不漂亮,但没错——它很有特色。房子是我长大之后才建的。这儿以前是隔壁那栋大宅的草坪。你下次一定要来看看。嗯,是尼泊尔高级专员的房子,一个叫卡特里的人。

那栋楼有部巨大的电梯,巴巴,缓慢又笨重。我的大半个童年都在里面度过,上上下下。顶层属于我叔叔,底层属于我父亲——普南杜爵士和比卡什爵士,精明强干的男人们。比卡什大哥有些太过沉湎于英属印度那一套,不过他们也都是严肃的男人,不像他们的晚辈——包括我自己,我们这批人基本都是笨蛋。

我们这栋房子是1940年建起来的。下次你再来,一定要看看我们卧室门边那张肖像照。你肯定能看见的。只要进屋前向左看，那是我祖父，隔壁那栋楼就是他建的。

*

我的姑妈们以前常在草坪上打网球，不过比卡什大哥的妻子人很质朴——会做最好吃的肉桂咖喱和苦葫芦茄子。那些我们险些丧失的、孟加拉家庭特有的欢乐，她统统都找了回来。她叫雷努卡德维·班德亚帕德耶，来自一个定居巴拉索尔的柴明达尔[1]家庭。她亲切和蔼，是地道的孟加拉人，虽说我不知道她会不会讲奥里亚语。她很腼腆，从没摸过网球拍。傍晚，她会唱起梵唱——多美妙的歌喉啊，巴巴。

*

巴巴，你真觉得香料烤鸡意面不是意大利菜吗？你觉得它可能是孟加拉人发明的？我不确定我们在菲尔波餐厅有没有点过这道菜——不过我们过去在云天屋常点。他们用那种纤细的高脚杯装大虾鸡尾沙拉。那其实只是小虾，不是什么大虾——不过味道绝美。你得把一只长柄勺伸入杯中，舀一

---

1. 柴明达尔（Zamindar）是印度政府向农民征收田赋的中间人。

点玛丽玫瑰酱——不然只有变成鹤才吃得到。

*

哈哈哈,那个故事你肯定听过。狐狸请鹤到家里吃饭,用碗盛汤。它轻轻松松就把汤舔光了,可怜的鹤只能干瞪眼。后来,为了出这口恶气,鹤把狐狸请到家里来。鸟类可记仇了,巴巴。在门廊上,我常震惊于鸟儿之间强烈的敌意。这回轮到狐狸挨饿了,因为鹤盛汤的容器,是长颈壶。

只有鹤才能尽情享用大虾鸡尾沙拉,巴巴。你要么用那只纤细的长柄勺,要么就挨饿。

*

云天屋还会重开吗,阿米特?那家餐馆还是你 80 年代发现的,不是吗?好一个世外桃源啊。它关门得有 15 年了,不过阿尔温德·沙玛那个笨蛋,喝茶时总会不请自说,它会在易手之后重新开业。

你觉得这实在是——哈哈哈!太好笑了,巴巴。你是对的,太对了!就跟内塔吉还会回来掌舵似的!那不正是我们所有人所希望的吗?

嗯，我知道。对，我听说那儿的大门已经封了好多年了，还贴了一张工会的告示。彻底没了。嗯，我知道。现在是一座新展厅的一部分了。嗯，我知道。

*

我面前摆着《同名之人》[1]——还有伊恩·麦克尤恩的《赎罪》。你觉得茱帕·拉希丽怎么样，巴巴？我不是指本人。你肯定见过她咯？啊——分别在伦敦和加尔各答见过。让人眼前一亮的女人。那双眼睛哟！乌玛和我很乐意请她来喝茶。我觉得她的写作风格十分地——清晰明了。嗯，清晰明了。不会吧，我不敢相信你已经不读书了！我只是个无名小卒，可我有时候还会同时读两三本书呢。你不再读小说了！为什么啊，巴巴？伊恩·麦克尤恩呢？《水泥花园》？我得记下书名。乌玛会去俱乐部，她可以去图书室借。《烈马圣莫尔》[2]？我倒是读过《恋爱中的女人》——几十年前就读了！你下次来喝茶的时候给我们讲讲劳伦斯好吗？你什么时候来？

---

1. 美籍印度作家茱帕·拉希丽（Jhumpa Lahiri，1967— ）的小说。
2. D. H. 劳伦斯 1925 年发表的中篇小说。

*

劳伦斯·德雷尔[1]。我二三十年前读过他的书。敏锐的外来者视角，巴巴。我仿佛置身埃及，亲耳聆听宣礼员[2]吐出的每一个字。噢，我当然能听见宣礼的声音啦。一天四次。清晨那次我睡得太沉，听不见。不过贝克巴干那些清真寺的祷告声确实会传到下环路。什么，你说保罗·鲍尔斯[3]？没听说过。

*

阿米特，我们在电视上看了部电影，《时时刻刻》。里面那个是弗吉尼亚·伍尔夫吧？噢！是啊。是啊。太有意思了！

你怎么看？我是说对弗吉尼亚·伍尔夫。郁郁寡欢的女人，不是吗？巴巴，你能给我详细讲讲意识流到底是什么吗？就是漫无边际的思绪吗？

---

1. 劳伦斯·德雷尔（Lawrence Durrell，1912—1990），英国小说家、诗人、剧作家，生于印度的贾朗达尔。
2. 在清真寺尖塔上报告祷告时间的人。
3. 保罗·弗雷德里克·鲍尔斯（Paul Frederic Bowles，1910—1999），美国作曲家、作家、翻译家，长期旅居海外。

*

我刚回来就得了骨髓灰质炎,大概是 1954 年吧。不知道怎么得的。我的右腿基本废了,右臂也是。所以要是没有乌玛,我就没法写东西。她就是我的誊写员。是这么说的吧?誊写员。

父亲带我和我兄弟旅行过一次,就在我回剑桥之前。欧洲之旅。维也纳有轨电车。阿尔卑斯山。鹅肝酱。我喜欢鹅肝酱。然后我回到剑桥。在三一学院拿了三等学位。因为我讨厌经济学嘛。第二年,我就病倒了。

*

我上次出门是三年前了。你想请我吃晚饭,我心领了,巴巴。问题在于楼梯。我上不了楼梯。我不再去俱乐部也是因为这个。门口就有五级台阶,所有人都看着我!坐在轮椅里,被抬上去。难受。

所以乌玛每周去两次俱乐部,带点儿稀罕玩意儿回来,比如黄金鸡肉卷。

*

　　我也想回剑桥看看。圣约翰街。冈维尔凯斯学院。骑自行车的女生们。我把时间都浪费在跟男生们喝酒上了。我太害羞，根本不敢跟女生说话。有一次，我们还开车去了格兰切斯特郡。

　　没有，我好像从没遇到过那种情况。你是指种族歧视吧？我那会儿只是个毛头小子，巴巴。你上次去是什么时候？你还在悉尼·萨塞克斯学院做了演讲？好棒啊！那你肯定也去圣约翰街咯？

*

　　你不喜欢剑桥，阿米特？难以置信。我忘记你还在那儿住过了。你说在那儿待个两天就足够了？但我喜欢剑桥——狭窄的街巷逐渐开阔，让出三一学院和国王学院那些广场。庄严的启示。三一学院让你觉得压抑？不会吧。不，我们那时候没有大商场和购物中心。你说得当然没错，那些红脖子出租司机就那样。比尔·盖茨往剑桥砸了不少钱，不是吗？我不知道那地方为什么会这么落后，没想到啊。

*

那咱们就星期五晚上六点见咯,巴巴?谢谢。谢谢。太好了。谢谢你。谢谢你们俩。你妻子太可爱了。那么深藏不露。她谈起十九世纪来是那么口若悬河——我彻底缴械投降。真的。

我还想听她多谈谈。关于迪内什·钱德拉[1]、皮亚尔查德,还有迈克尔。我们实在太孤陋寡闻了。

*

我俩就是你在这儿的社交圈子?哈哈哈。你也太逗了。能把你请到这座衰败的城市是我们的荣幸,巴巴。我什么也不是——这你知道。无名小卒而已。

给你打个预防针。星期五我还请了另外两个人,米特拉和杜塔,我母亲那边的亲戚,都是热心肠的人。我管他们叫"侦探",因为他们的样子、语气都很像侦探,到时候你就知道了。我意思是,为了看上去跟所有人一样,他们简直使尽了浑身解数。你过后肯定会忘了他们的。在他们面前你尽可以放松,他们不会知道你的,他们不看书。

---

1. 迪内什·钱德拉(Dinesh Chandra),可能指印度北方邦大众社会党领导人。后两位指代不明,推测应同为政客。

*

你最受不了加尔各答什么？你说过，堵车和烟尘你都能接受——但你受不了那种琐碎。对了——你回来恰恰是因为怀念堵车！哈哈哈哈！如果萦绕在你心中的是这种乡愁，那回这座城市就对了。

*

巴巴，对不起。真对不起。你能下个星期五来吗？厨子突然走了，回他们村了。说是他哥哥病了。他每个月都来这么一回。我们快烦死了。不，我们不能换人。他跟了我们三十年了。我们只有忍着，什么也不说。

*

我太开心了，巴巴。真高兴你喜欢乌玛这次做的三明治。我们一直想变个花样。她本来觉得你肯定会喜欢更传统的东西——像咖喱角！不过她改变了主意。你是对的，咖喱角到处都吃得到。是啊，三明治的确很特别。她试了各种配方。

我想除了蛋黄酱和黄瓜,她应该还加了点儿酸奶。

*

你知道吗?我们对那场饥荒几乎毫无感觉。那年我十岁,我在上学路上看见了他们,那些瘦骨嶙峋、四处游荡的身影。有时连走路的力气都没有。他们会聚在铁门前,捧着碗说:"Phan de ma!"[1] 我们的生活却丝毫没受影响,巴巴。是的。

*

布达德夫先生[2]!我不知道该怎么形容他。十足的孟加拉人。很为他的盆栽自豪。乔蒂先生也很孟加拉——不过为人飞扬跋扈,自诩出庭律师什么的。布达德夫先生——洛尔迦的崇拜者……我说不好,说不好。他们说在他的领导下,国家将会取得新的发展。你同意吗?你觉得他有这个能力吗?他打算引进外资。他能做到吗?我只知道他确实是个不错的翻译。

---

1. 孟加拉语:米汤。印度孟加拉邦有一种烹饪大米的方法,会产生大量米汤,饥荒时饥民就会挨家挨户去索要多余的米汤。
2. 可能指布达德夫·巴塔查尔吉(Buddhadev Bhattacharjee,1944—),印度西孟加拉邦首席部长。

是的,他星期三来喝茶了。跟他妻子一起。甜美单纯的女人。健谈。

*

我不是共产主义者,巴巴。没错,60年代我们是请过几位纳萨尔派来喝茶。他们看待这世界的方式啊,令人受益匪浅。他们对全面革命的热情相当激动人心。热血涌上大脑,夹杂着肾上腺素……有一阵子,我内心其实是个纳萨尔派。我很容易被感染,巴巴。我热爱生命。我希望每个人,无论美丑智愚,都能活得充实。纳萨尔派也这样想。然后他们就走火入魔了。

我那时腿脚可比现在灵便多了……

*

嗯,厨子还好,巴巴。他不忙。他每天有一半时间不出房门,不知道在里面干什么。我怀疑他对凯尼烟叶[1]上了瘾。有板球赛的时候,他和戈文达会到客厅里来,乌玛就把电视

---

1. 凯尼烟叶(Khaini)是印度及南亚地区出产的一种咀嚼烟草。

让给他们。

厨子大多数时候都无事可做,巴巴,因为乌玛会从加尔各答俱乐部点餐。苏鲁奇餐厅的孟加拉菜特别棒——价格便宜,名字拗口:你知道,什么柴切德、鲁默切卡里亚[1]之类的。

太谢谢你给我们送来的查捺薄干酪了,巴巴。感激不尽。乌玛说它"不同凡响",这是她的原话。查捺干酪,还薄。我原以为这二者永远不会有什么交集。可它们却结合得如此完美。我们一下午都在为查捺薄干酪陶醉。

*

四下很静。行不通,行不通![2]这是跟乔蒂先生学的。他跟我抱怨过:"官员们完全失控了,可我们还不得不把他们伺候舒服。"我连他们在反对些什么都搞不清楚。你呢?

你或许会认为那与我无关。我又不出门。但我憎恶死一般的寂静,巴巴——我憎恨活力被日渐消磨。这与星期日的清静截然不同,也不同于童年的宁静。与现在相比,那些时光是多么缓慢,多么似是而非啊。除了罢工的日子!我感觉生命的潮汐正从我身上退去。

---

1. 分别为蔬菜炖鱼头(chhachda)和咖喱浓汤鲮鱼(rui machher kalia)。
2. 原文为孟加拉语。

那天你说，你回来是因为受不了那份寂静，你是1999年回来的吧？

不是种族歧视，也不是潮气，你受不了的居然是寂静。我说得对吗？笑死人了，巴巴！这么说你想念嘈杂？

哦，你说背景音啊。懂了。我没往那儿想。我珍视剑桥的宁静——从没觉得压抑。我想这跟我们从小受的教育有关——我们特别珍视宁静和独处。或许我们就算不想独处也根本意识不到。在这儿你没法独处，不是吗，巴巴？每个人都属于某个该死的团体，随便哪个。下午茶总有那么多人不请自来。

你怎么写作，巴巴？旁边有人你还写得下去吗？是的，法国人确实在咖啡馆写作。你知道有人这么干？科拉塔卡尔[1]？不，我没听说过他，巴巴。难以置信啊！

*

喂。

---

[1] 阿伦·科拉塔卡尔（Arun Kolatkar，1932—2004）是来自印度马哈拉施特拉邦的诗人，用马拉地语和英语写作。

抱歉，是的，是我，巴巴。

很抱歉。是的。不，我嗓子不疼。我挺好的，谢谢你。我打电话的时候就会用另一种声音。正是。

说来话长，巴巴。下次再细说吧。愚蠢的诉讼。你不会想听的。

是我姑婆，巴巴。不知道她中了什么邪——可能是某种罕见的宗教狂热吧。想替她那个丈夫赎罪。把房子留给了一个宗教组织。什么阿南达服务中心。就是这栋房子。那份文件没有法律效力，巴巴。但他们拿它来骚扰我们。阿南达服务中心。真是吃饱了撑的，这帮无赖——社工；对着诃利[1]唱拜赞歌。我是说，其实我们并不完全排斥社区服务。我的养老金少得可怜，你听了会笑的。我把母亲留下来的耳环卖了两对——还好有她，真是谢天谢地！

阿南达服务中心应该服务服务我才对。

不好意思，巴巴。我现在接电话很小心。每次声音都会不一样。是啊，呱呱，哈哈。这是为了迷惑他们。

*

喂。

---

1. 诃利（Hari）是印度教三大主神之一毗湿奴的另一称号。

阿米特!

抱歉。

是啊,当然欢迎。我们想死你了。什么也别说了。星期四行吗?我想让你见见杰奎琳。她也来。我跟你讲过她的,记得吗?她祖父就葬在公园街还是公园马戏城。

*

你星期一就走?也太快了。不过星期四还是能来的吧,嗯,巴巴?

去两周?你回来的时候我们肯定还在这儿,我保证。

哈哈哈。

你说你很难过,巴巴?怎么会呢!我巴不得能去呢!春天的伦敦啊!我可是求之不得!

噢,要是能去避避暑……

嗯,你回来的时候芒果应该熟了。

你为什么难过呢?

每次都会有吗?你说的那种疏离感?你一离开,你所爱的一切就会变得陌生?因为你每次都会感到沮丧,对吗?

你待两周就回来啊,巴巴……的确。的确。我感觉不到两周和两年有什么差别。而且我也算不清,真的。有时候我会觉得最后一次去俱乐部不过是上个月的事情。

我有个不情之请,巴巴。真是不好意思。不麻烦的话,你能顺便帮我带点儿温斯利代尔奶酪吗?千万别特地去买,答应我。

PEOPLE WERE SO FUNNY

人们如此可笑

苏茜·博伊特

SUSIE BOYT

她细细回想，发现近来有三件事曾让她停下来猛摇头，感觉哪里不对。不是综合征之类的，不是什么叫得出名字的东西，只是心情稍有波动；也不是无处不在，还不至于，给人感觉既不强烈也不迅猛，仅仅是一系列微不足道的迹象，或许连迹象都算不上，就是引人感慨的小插曲而已。只不过好像出现得日益频繁，需要她稍加注意。

168路汽车艰难地行驶在去医院的星期五大街上，车子粗鲁地抖动，哗哗直响，还没好气地猛跳，像在抽风。上来一个男人，模样粗野，脸上沟壑纵横、疤痕交错，就像打过补丁。他那样子倒也不至于惹人讨厌，但看上去绝对快散架了——皮屑从他身上剥落，掉在格子公交座套上、磨光发亮的夹克肩头，还有他的鞋面上，而且他，实在没法再委婉了，还很臭。接下来，他做出了人们在登上空荡巴士时常有的举动——走上前来，坐到她身旁。他叉开腿，她只得收紧身子。他破旧的西裤上布满深深浅浅的污迹和皮屑，脸上松弛的褶皱间藏匿着来历不明的痂，而她则穿着崭新的连裤袜，颜色是一种名为"藏青"的深蓝,所以,在这个刮风的周二早晨,要她跟这样一个陌生人腿贴腿,呃,她不太确定自己能不能受得了。

"嘿。"他浮夸地一笑,准备火力全开。

"噢,你好。"她犹犹豫豫地回答,她不该这样。

"天气真好。"他说。

"唔,"她接话,因为有点儿可怜他的惨相,"今天早上阳光真好,天色真漂亮。"

"很蓝。"他直截了当。

不可否认。

"知道吗?"他转向她,语带一种突兀的关切,把嘴唇凑近她的锁骨,近得可怕。她能感觉到他酸臭的鼻息:"按你的岁数,你其实算长得还行的,不过你该买点儿像样的衣服,再化化妆,做做头发。你这身打扮像我奶奶。怕啥呢?你还不至于那么老吧。"

她差两周三十一岁。

她不再搭理他,盼着他赶紧滚开、散架、爆炸。她闭上眼睛,几乎有些眩晕。的确,最近买衣服时,她总是边翻新品目录,边想着在病房里穿哪件会既方便又不扎眼。条纹和格子都很喜庆,低调的喜庆,有分寸,又不乏味。她母亲以前开过服装店,她喜欢优雅的装束,或者毋宁说,她追求那种空无一物的整洁。她喜欢把女儿"拾掇整齐",从头到脚必须纹丝不乱、妥妥帖帖、整洁美观。还是小女孩时，贝丝就穿得像个四十岁的妇人：铜扣、白领、修身百褶裙，她只需再戴一顶帽子，就能登上豪华游轮掷绳圈，或者向女王陛下进献紫罗兰……

十三层到了，她走出电梯，身上蓝白相间的连衣裙袖子早已卷好，脚上的白色运动鞋踩着新绿的油毡地，一路嘎吱作响。她走近一张病床，她母亲在床上熟睡，身上盖着一条绿色的松织毛毯。天花板上垂下一只深色金属吊臂，电视在上面轻柔地嗡嗡低语。她爬上母亲床边那张椅子。电视上播的是一部医疗剧，剧中那名外科医生是位老派绅士，穿白条纹西装、打领结那种，他自己病了，却想瞒天过海，不过同事们已经对他不合常理的行为有所察觉。贝丝从包里掏出一些水果，轻轻放进床尾折叠桌上的一只小筐里。她母亲只能吃流食，但喜欢身边有水果。它们就像宠物，她说，能带来一丝生气。今天她的水果是黑樱桃和薄皮黄麝香葡萄，此外，桌上还整齐地叠放着两件干净的细褶棉纱睡裙。

斜对面那张病床新换了个女人；两名护士正站在一旁，看她卸下洗漱包和手提包，把东西存进储物柜，柜子略有点儿打滑，轮子不听使唤。她瘦高的儿子或孙子把她扶上病床。她摘下珍珠耳坠，交给他保管，真让人替她捏一把汗。她问他吃过饭没，见他点点头，说吃了烤土豆，她才闭上眼。

噢不！她在母亲病床右侧两英尺开外的地上发现了血迹，五朵暗红的小花。老天！她从洗手间找来湿纸巾，小心翼翼地跪下来擦拭，直到地面完全干净。血痕锯齿状的边缘比中间难擦多了。她想起母亲涂的口红，中间饱满的色彩总是率先褪去，留下一圈红色附着在嘴唇边缘。她仔细洗净双手，又喷了手部消毒液。上个月，有个小个子金发女孩来病房里探病，穿一件橙色帽衫，上面写着"洛杉矶县监狱"，还一个劲儿管床尾那瓶蓝色喷雾叫开胃火腿[1]……

贝丝想对母亲说几句很棒的话，那种能鼓舞人心、抵御绝望的话："你知道吗，外面还有整个儿世界等着你呢，再怎么说半个总是有的，你只要走到电梯旁的走廊上，透过取景窗望出去就能看到它。当然，那儿也不是说处处都开满玫瑰，铺满上过浆的桌布，奏着酒店大堂那种弦乐四重奏，还用淡黄色的荷叶边盘子盛覆盆子慕斯蛋糕，一天上三轮，不过那儿的好东西确实不少。看哪，一列黄澄澄的玩具火车刚刚驶出尤斯顿站！看哪，那队海鸥排成一支利箭，多么惬意，多么优雅！这世界值得你为它好起来。起码有时候是值得的，时不时地。幽蓝的清晨，鲜绿的午后……你一定要相信这一切。最好尽量去相信，趁你还做得到。就连平淡无奇的月亮也能美得超乎想象，昨晚就是，

---

1. 在原文中，手部消毒液（hand sanitiser）和开胃火腿（ham appetiser）头尾押韵。

月牙细细的,几乎像一条缝隙,只是天上一道明亮的弧线,却放射出万丈光芒。"

康复的过程也可以是浪漫的——她想表达的就是这个。在悲伤、哀恸、可耻的衰老和体弱多病之外,还有不少闪光的东西等待她们去发现。她们可以选择一同追逐快乐,像拦出租车一样拦下它,再揪住它衣服上的翻领。她们可以坐在花园里的椅子上,置身开花的黑醋栗和爬满甜豌豆的藤架之间,一起回忆往事,直到暮色四合。她们可以在曼彻斯特广场上坐着轮椅,在"微笑的骑士"面前开怀大笑,不带任何恶意。她们可以把俄罗斯芭蕾舞团的《睡美人》留到圣诞,看那些玫瑰色的舞者在深邃的森林前舒展四肢。这些话并不能让人缴械,但你可以用它们打开大门,把最美好的事物呈现在她们面前。

她们还拥有彼此……

在梦中,她常常说起这些,不厌其烦地歌颂生命的可贵,然而梦中的母亲却会把手举过头顶,虚弱地呢喃:"别开枪。"

一次,她跟学生时代的朋友喝了个咖啡,然后坐双层公交回来,车子停在医院对面,她从上层看见母亲跟一帮女人一起躲在医院低矮的台阶上抽烟,有些人身上还连着移动输液瓶上垂下的白色导管。她母亲没带输液瓶,她吸着烟,神色凄然。她站在人行道上,那条带衬芯的缎子睡袍仿若一袭华服，睡袍是三文鱼色的，养殖三文鱼，她穿着它，像百年前一位海滨女领主。那晚，贝丝躺在床上，一边啃黄油面包条，一边用手机上谷歌搜索"移动输液架"。豪华版输液架可以挂四瓶水，底座有五根带滚轮的支杆，支撑稳定，易于操控。其实它还挺漂亮的。79镑的价格好像也很合理。

她母亲依然睡着，但睡得不沉，电视那边传来医疗剧嗡嗡的对白，声音模糊而让人安心。贝丝翻开书，刚读了两行，就在这时，第二件事，令她费解的第二件事，发生了。一位护士走过来，是个新来的护士，她从没见过。贝丝抬起头，越过病床冲护士笑笑。"谢谢你这么照顾我们。"她说。

"你姐姐乖得不得了。"护士也回她一个微笑。

"实在太感谢了！"贝丝说，心头掠过一丝骄傲。

然后她说："我姐姐——？噢。"

第三件事不是最近才发生的，事情已经过去两年了，只不过她最近才刚想起来。她花了不少功夫才弄明白。

贝丝的父亲临终那晚，她母亲骂骂咧咧。

她母亲感觉自己好像要得重感冒了，她把这告诉了护士，也告诉了克拉克森医生，后者早在贝丝出生前就是他们家的医生了。

"噢，天哪，"她母亲说，"这肯定是压垮骆驼的最后一根稻草了。"

"不凑巧而已。"医生嘟囔了一句,面无表情。

"拜托帮我量个体温好吗?"她问。克拉克森医生走进旁边的洗手间,在盥洗池里洗净温度计,用手巾擦干,但仅此而已。

他们都在她父母家的卧室里。已经待了十一二小时。母亲不停描述她的症状,掰着手指计数:她说一种忽冷忽热的感觉传遍她的脊柱,她出现了头疼的迹象,而且眼睛发红流泪。

她父亲已经进入弥留之际,到了这个阶段,你得仔细聆听他逐渐放缓的呼吸,默数每次之间的间隔。他干枯可怜的面孔,他极度虚弱的身体,都达到了承受的极限。室内空气闷热,气氛凝重。收音机小声播放着一部广播剧,讲的大概是一场板球赛之类的,发生在一座小村庄里。什么门柱啦,司康饼[1]啦……贝丝转动旋钮,关掉声音。那份宁静显得弥足珍贵。

要来了,她想。

"能给我点儿建议吗,医生?"她母亲说着,手按脉搏。她说她双腿僵硬,像冻硬的糖浆。

医生笑笑,摇摇头。那位来自天主教临终关怀机构的护

---

[1] 英国人常在板球赛中的饮茶时间食用司康饼。

士毫不掩饰她的嗤之以鼻。

贝丝溜到楼下厨房,找来紫锥花、一小瓶维C和一只装有扑热息痛片的棕色小瓶,她把它们放在三明治托盘上,又放上一杯矿泉水。

"不要。"她母亲恼火地摇头。

"好吧。"

医生坐下来。这肯定是个信号。他为人感性虔诚,品位高雅,笃信英国国教,你要是问他感觉怎么样,他是绝不会对你置之不理的。一个令人印象深刻的回答是:"我真不明白,为什么我宁愿给越来越多的病人看病,却不愿享受天伦之乐。你觉得这是好还是不好呢?"他有四个孩子,两儿两女,年龄分布合理。还好她及时意识到,那个问题无须回答。

贝丝有个哥哥,罗宾,住在佛罗里达,她跟医生说话时,他正在赶回来看父亲的飞机上。他肩膀宽阔、完美无缺,属于那种美式成功人士兼万人迷。他喜欢迈阿密。那儿的空气,他说,很"绵密"。她无法想象那是什么质地。是柔软吗?反正听上去很不错。有时间她真该去他那儿看看。她听说过,也读到过,那儿有世界上最多的漂亮女人,100到110岁年龄段的。这相当激动人心。

他有三个小女儿,但他想到她们就心痛,因为他妻子劳伦喜欢离她们远远的。

"我看护士可以留在这儿照顾我嘛。"她母亲说。

护士那个脸色啊!

接着,她父亲去世了,一切就此结束,她离开房间,留下母亲与他独处,然后她自己也单独在他身旁坐了一会儿,完全不知道该说什么。

"没事了,爸爸,"她坐在他逐渐冷却的身体旁,不时嘟囔一句,"你做得很好。没事了。结束了。都结束了。你做得非常非常好。我特别特别爱你。"

她明显感到一种局促的羞涩在房间里怦怦跳动,他仿佛流露出一种温馨慈爱的窘迫,而她也是,那情绪升腾而起,久久萦绕在他们上方,照亮了暮色中渐暗的房间。

那天傍晚,她跟母亲坐在客厅的沙发上。她母亲把靠垫抱在胸前。

"你吃得下东西吗?"贝丝问。

"吃不下。今晚肯定不行。"

"需要我为你做些什么吗?"

"需要。"

"好啊。"她说。

"你能留下吗?"

"当然能,"她说,"你愿意的话,我可以住满一个星期。"

"我想让你住得更久,一直住下去。搬回来吧。"

这完全出乎她的意料。她跟男友威尔在哈克尼租了间小公寓，他是位小学教师。"就是伊斯灵顿边缘嘛。"她母亲评价道。贝丝是一所公立女校的英语教学组长。那时期末考试已经结束，漫长的暑假刚刚开始。

"我知道你现在有了自己的生活，但没有你我真不知道该怎么过下去。"

"噢。"

"求你了，贝丝。"

这又是另一件事了，很难细讲，因为它牵扯太多，不适合放在这儿说，反正现在不能说——女校校长说你随时可以回来，多多少少可以；那天她打包好自己公寓里的东西，那点行李用福特银河的后备箱来装简直绰绰有余——总之那件事，她记起的第三件事，就是她父亲躺在临终的病榻上，她母亲却声称自己可能感冒了，向他们索取关心，她想起这件事不是因为悲伤，而是觉得哪里不对。诚然，当时气氛压抑，在那种时候，人的感觉总是难以反映现实，而且人看问题不能钻牛角尖，得灵活一点儿；但直到现在，她才想到，他们根本不该在父亲弥留之际用自来水涮体温计，也不该忙着给她母亲拿药。那是对他不敬。

"真抱歉啊，爸爸。"她轻声对过去说。

她母亲在病床上难受地扭动身体。或许是因为疼痛，她睁开眼睛。

"嗨,妈妈。晚上睡得好吗?看样子天气会很好哦。"清晨的天空已经亮得耀眼,蔚蓝的天幕上挂着道道粉色云霞。

"你好,亲爱的。"

"要我给你拿点儿什么吗?我看护士很快就会来带你去洗漱更衣什么的。"

"我喜欢看你坐在这张椅子上,"她母亲说,"我喜欢醒来时看到你在那儿读书。那么文雅,让人看了安心,像一幅画。"

"谢啦!"

"噢,你给我带来漂亮的新鲜水果啦。"

"是啊。我刚才在电视上看了部不错的剧。今天病房里真安静啊。"

"你真是个好姑娘。"她放低声音,"你知道吗,珍妮特,就是隔壁病房那个,还问我女儿怎么会每天都来待好几小时。"

贝丝从椅子上伸手握住母亲的手,两个人都闭上眼睛,打了个盹。

"那个医生该被炒鱿鱼!"她母亲暴跳如雷。

"不是吧!他做了什么?"

"你应该问他没做什么。那人根本就不称职!"

"太糟糕了。"

"我得投诉。能帮我找笔和纸吗?"

"等着,我包里有。"她从包里掏出一本红色笔记本,那是她在医院商店买的,用来记录医生的评述和嘱咐。她把它递给母亲,"不好意思,等我找支能写的笔。拿着。不过那个医生,他究竟怎么不称职了?"

她母亲激动地摇摇头。

"我太累了,我受不了这个。"她说。

"可怜的妈妈。"

"他说他们对我已经无能为力了。让我回家。"

"哦,真遗憾。"

"是啊。"

"他们让你什么时候回家?"

"尽快吧,我猜。昨天。他们一直巴不得我赶紧走。"

"哦不。他们真狠心。"

就在这时,她瞄到 L 先生刚看完一个病人,他是她母亲的肿瘤医生。虽说他身高六英尺四英寸[1],体格强壮,不过却像咨询顾问一样,有着凭空消失的本事。她决定碰碰运气,于是跟在他身后,追过一道走廊。换成是克拉克森医生就好了,他可不会让你像个焦头烂额的守门员一样猛扑上去,只为跟他说上话。威尔,她的前男友,送过她一张情人节卡片,上面就印着个腼腆不安、膝盖内扣的守门员,旁边还有一行文字,都是黑色的大写字母:"你最懂厮守。"

---

1. 约 1 米 95。

哈!

为了截住 L 先生,她强行挡在他与电梯门之间,好不容易才站稳脚跟,缓过气来。她尽量放慢语速,注意措辞。"早安,L 先生。能耽误您一点儿时间吗?就一分钟。很抱歉叨扰您。我母亲说您告诉她医院已经对她无能为力了。能简单跟我交代一下她在家需要哪些支持吗?她还有哪些选择?因为,虽说我并不想问你们想让她什么时候回家,但咱们也谈谈这个好吗?我们得调整节奏,这就是我想说的。如果我们真要——"

他把她让进一间病房,角落里有张空床,他猛地拽过塑料屏风,隔出一点儿空间:"好吧,首先我得告诉你,扫描结果很清楚。我们什么也没找到。我知道她一直抱怨身体不舒服,也不能完全排除会冒出某些……某些……征兆。不过现阶段最好还是让她回家,过三个月再来检查。"

"不,其实我——噢,我懂了。好吧,所以是好消息对吗?"

他已经走出半条走廊了,听她这么说,又出人意料地回过头来。她忘说谢谢了!"谢谢您为我们做的一切。"贝丝脱口而出。

"有件事挺逗的,"他若有所思地用手摸着下巴,"我有个朋友周末值班,接了个急诊,是个年轻人,救护车送来的,就在周六夜里,12 点 15 分。病因是头皮屑。"

"噢不!真令人抓狂啊——"

"我们可不是这么运作的。"

她很意外，没想到医生还会这么用这个词[1]。她产生了一股强烈的冲动，想替那位小题大做的年轻人说几句话。他或许只是太孤独了。大半夜的——不知该如何自处。我看他表现出来的是一种精神上的疾病，她想。

紧接着，就跟知道她在想什么似的，L先生正色对她说："心脏病和孤独可不一样，完全不一样。我们不会把这两者混为一谈，因为我们资源有限。虽说我们并没混为一谈。"

她接下来的回答，几乎令她对自己刮目相看："我完全理解，不过您难道看不出来，病人对这两者很可能感受相同。心碎也能致死。真的——"

"那是小说！"他说，"小说！"

"好吧，"她说，"或许吧……"他们都笑了，她笑得羞涩，而他呢，她觉得他是在笑这世界何其荒谬，而且想到自己每天的工作都不折不扣地生死攸关，他也十分受用。

"您是专家，我也懂您的意思，不过"——好像不大对，她又重新起了头——"听着，我得知道该怎么——"但这也不太对头，最后她终于组织起语言（她怎么总这么迟钝！），"不过能不能请问您，"没错，这正是她想问的，"为什么我母亲总感觉这么糟糕呢？只是去年的治疗造成的吗？我想问的是，我要怎么才能使她重拾生活的信心——"但L先生已

---

1. 原文中的运作，即"operate"，也表示"做手术"。

经消失了。她深深地觉得如果她是个男人，对方肯定会更拿她当回事。她冲到病房门口，但他早已无影无踪，连脚步声的余音都消失了。

天哪！

第二天早上，为了保险起见，贝丝给克拉克森医生打了个电话。

"怎么样了？"他问。

"我们回家了，但她不大对劲，"她说，"L先生说片子上什么也看不到。但她脸色很差，身体虚弱。腿脚不利索，也不吃饭。肯定是哪里不舒服。"

"我午餐时过来一趟怎么样？"他说。

他上楼去看她母亲了，她见时间已是中午12点26分，就给他做了份火腿三明治。她在盘边放上半颗西红柿，又加了几片黄瓜，把茴萝泡菜切成小圆片撒在生菜叶上。"你真好。"他说，跟她一起在小小的厨房桌边坐了下来。

"你自己怎么样？"他嚼着三明治说。

"我吗？"

"我在想你会不会想放个假，换换环境。已经两年了，之前还有你父亲。你做得棒极了，但这些事肯定没少拖累你。"

"不，不会。"她轻描淡写。面带微笑。是他太好了才对。

她有自己的生活节奏，她不想改变。"不，不会。"她重复道。放假？没必要发飙，况且放假是不可能的，他也知道。

"那对你有好处。"他说。这难道不是一句警告？"你能劝你哥哥回来一趟吗？那对你母亲肯定大有好处。"

"不知道他走不走得开，不过我可以问问。"

"不管怎么说，再这样下去，我怕你会陷入——"

"嗯，我会考虑的。"

她才不会。

接下来，事情陡然变得离奇。

"我是说，"他说，"你年轻，聪明，又——你还意识不到你牺牲的一切是多么宝贵。但总有一天你会明白的，就怕到时候为时已晚。你标准高，又有才华，千万别白白地——这种状况说不定会持续很多很多年。你为她提供一流的护理，但这真有必要吗？我知道你肯定压力很大，但我总禁不住要想，你这个年纪正应该是——过些年等你年纪大了再回头看——好了，该说的我都说了。"他说。

贝丝冲他坦然一笑。

"你知道，我跟你父亲从小就认识，他肯定不会原谅我的，要是他知道我只在一旁看着，却什么也——"

"求您别说了。"她说。

他打住了。

"我对您有说不出的感激，"她说。"我们都是。"她看得出，这句客套话伤了他的感情。

"不客气。"他挤过她身旁。

半夜，正当贝丝仔细琢磨白天的一切时——"贝丝，贝丝！快来！贝丝？你在吗？"

"来了，"她冲门口喊，"在穿晨衣。天啊，好冷。我刚找到拖鞋。"

"你在吗，贝丝？"

"我在这儿！可怜的妈妈。你还好吗？不舒服吗？需要什么？"

"我怎么这么难受？"

"噢，真可怜。"

"我不对劲，贝丝。"

"呃——"

"那家医院，那儿的医生都是坏人！"

"克拉克森医生怎么说？"

"他让我试试抗抑郁药。"

"真的吗？"

"嗯。"

"那你觉得怎么样？"

"我查了，你知道上面列的第一条副作用是什么？"

"是什么？"

"是自杀。"

"噢，天哪。"

"他怎么会让我吃可能导致自杀的药呢？"

"呃——问得好。不过我想受副作用影响的人大概只占万分之一,甚至十万分之一。"

"就算这样,人数还是很多啊。"

"你要是这么觉得,那我就不劝你吃了。是挺让人担心的。必须心里踏实才行。要不我去问问克拉克森医生,看他还有哪些病人服过这药,想办法跟他们聊聊?或许可以从这儿入手。或者能不能——?"

"海伦的女儿吃过抗抑郁药,用来治疗厌食症,注明的副作用第一条是食欲减退。"

"哦不会吧!说到食欲,你明天想吃什么?我是说今天。我准备在网上订餐,所以你想要什么尽管点。"

"你真贴心。"

"谢啦,你也不赖。"

"能再做点儿汤吗?"

"没问题。晚饭后我们可以看芭芭拉·斯坦威克的《淑女伊芙》,里面的服装简直美呆了。"

"太好了。看片的时候可以顺便帮我修修指甲吗?"

第二天早上7点,她哥哥罗宾打来电话。他的语气有点儿怪——犹犹豫豫的——好像揣着什么坏消息。

"谢谢你照顾妈妈,抱歉什么都让你一个人扛。"

"呃——"

"这完全不正常,也不公平。"

"我很乐意照顾她。不管怎么说,你还得照顾劳伦和我的侄女们呢。"

"嗯,"他说,"你能这么想真是太无私了。不过我很担心你没时间过自己的生活。"

"那你觉得我每天是在过谁的生活?"

"我只是——我是有口无心。"

"是啊。"她接着说,"我侄女们怎么样?"

"可淘气了。"

"听起来很棒啊。"她笑了。

"是啊,可能吧。但愿如此。跟四个女性一起生活真有意思。那么多发刷——多得你想都想不到。几个小的早上会让我给她们梳辫子。我!我乐在其中。她们向来不怎么整洁,但也从不抱怨。她们有些朋友家里有用人,会编漂亮的法式发辫,我编得就太简单了,不过结实得很!"

"想想都觉得可爱。"贝丝说。

"谢啦。既然你跟妈妈住在一起,我是说,不介意的话我能不能问问——我是说你会出去见人吗,会不会偶尔跟朋友出去……玩玩?"

好个克拉克森!

在现实生活中,尽职尽责竟有这样的恶名,这实在太荒唐了。

"会啊。"她说。她觉得他说的"玩玩"根本就是指性方面的。

这些人啊!

"威尔还是没有消息吗?"他问。

啊哈,她猜对了:"是啊,翻篇儿了。"

"可惜,"他说,"我还挺喜欢他的。"

"是啊,"她答道,"我也喜欢。"

"你不想来看看我们吗,嗯?"

"改天一定去,我只是不知道她能不能长途旅行。"

"啊……好吧……随时欢迎。"

"谢啦,你太有心了。而且我的确在哪儿听过,说迈阿密是全球最适合老妇人居住的地方。"

他没有回答。

"你也别担心了,"她说,"我好得很,不好我会说的。"

"谢谢你。"他的声音变了,起初尖厉刺耳的嗓音现在变得有些醉意蒙眬,像是松了口气。

星期六晚上 7 点,她安顿好母亲,用带花的托盘给她端去西洋菜奶油汤、糖霜苹果片和奶咖,打开金杰·罗杰斯[1]的电影,然后出门去见学生时代的老友,要待 90 分钟。

"你确定你自己能行?"

"嗯,应该没问题。"

"有事你就打电话好吧?那地方离这儿也就十分钟。"

"好的。"她母亲说。

---

1. 金杰·罗杰斯(Ginger Rogers,1911—1995),美国演员、舞蹈家、歌手,1940 年凭电影《女人万岁》获奥斯卡最佳女主角奖。

没想到，她那天晚上还不如待在家里。她那些朋友倒起苦水来简直慷慨激昂。

"你最受不了威尔什么？"以前他们会这样问她，然后坐在一旁看她冥思苦想。

"我们约会的时候，他有时会有点儿闷。"

他们对她的回答是多么不屑一顾啊！与他们相比，她的生活就是这么四平八稳，她不需要，也不向往什么大起大落。她觉得这并不意味着自己就不是个好人。

现在，她的生活变得古怪了，他们反而对她兴趣大增。他们争相设身处地地把她的处境放在自己的生活中。

"或许你说得对，这的确有点儿像你刚生完宝宝，得对一个人的生命负责。是责任，嗯，"她说，"当然了，也是种荣幸。她睡不了整觉，哦，几乎从来不行！对了，阿奇怎么样，学会什么新花样了吗？"

她那些老同学对她万分同情，但安慰起来却用力过猛："噢，你真是太太太可怜了。简直太可怕了。她凭什么觉得自己有资格——"他们还列了个没用的等式，好像一切付出都等于损失。他们并不认为她母亲的病对她有什么帮助，只看到她自暴自弃，蹉跎光阴。

有时他们谈起她，竟像谈起家庭暴力的受害者！

她不怪他们。他们不懂。她嘴唇起了个泡，上火严重。这对她不利。她很懊恼。

人们如此可笑 | 199

不过下次,她想,下次她就可以推说自己脱不开身。

其中一位朋友,希拉,得先走,要去参加匿名戒酒互助会,于是提出可以顺道载她回家:"正好可以叙叙旧。"

"哦,好啊。谢谢你,这太好了。"

在格罗斯特广场路口的红绿灯前,希拉过度关切地看着她。"怎么啦?"希拉一面问,一面把车停进路边一个残障车位,方便说话。

贝丝觉得自己快哭了:"我没事,就是偶尔觉得压力太大。"

她们到了她家所在的街区,她下车时,希拉一脸严肃地转向她:"你觉得你会不会是照顾人成瘾呢?你为此失去了工作、感情,还有自己的家。"

"不是那样的。好吧,也许有一点点——"

"这话你可能不会爱听,不过我知道有种互助会,专门针对那些过度奉献、对被依赖感成瘾的人,你说不定可以了解一下。"

"真的吗?太有意思了,"贝丝说,"你真好。谢谢你送我。晚安!"

接下来那个周五中午,她母亲正在洗澡,她刚把蔬菜汤转小火,门铃就急促地响了三声。

来的是她哥哥、克拉克森医生和一名穿品蓝色连衣裙的护士。突袭。

"靠！"她说，然后又忙不迭地道歉。三双眼睛紧盯着她，善意逼人。

好了，没事了，大人们来了，她几乎能听见他们的心声。

她一边把他们请进厨房，一边飞快地想着对策。她请他们坐下。他们不再站成一排，就变得迟疑，失去了那种咄咄逼人的气势。

"需要我做点儿什么吗？"她说。

"我来陪妈妈待上两周，好让你喘口气。原谅我好吗？"她哥哥说，"我没提前打招呼，主要是怕你不同意。要是你不喜欢，我立马就走。"

"怎么会，"她打消了他的疑虑，"别傻了。"

"我完全可以住酒店，等你方便的时候再过来看看。全都听你安排。我肯定什么都做不好。我也知道自己干活肯定呆头呆脑、笨手笨脚，但我想知道妈妈好不好，也想看看你，看你过得怎么样，这就是我回来的目的。"他镇定自若，语气温和，"我知道你做得棒极了，又特别能干，根本不需要我，我只是不想让你觉得……"

"我呢，你知道，我在想——"克拉克森医生小心翼翼地开了口，却被她打断了。

"咱们都他妈的冷静冷静，喝杯茶吧。"贝丝提议。

她一般不说脏话。

"很好。"她哥哥说。

"贝丝?"她母亲在楼上喊,"贝丝?能帮我一下吗?"

"我去?"护士正要站起来,看见贝丝的眼神,又立刻坐了回去。

"你嘛,"贝丝说,"你去泡茶。"

"我来搅搅汤行吗?"她出去时,罗宾自告奋勇。

她架着母亲的腋窝把她扶出浴缸,母亲一站稳,她就闭上眼睛,充分尊重她的隐私。然后她回过身,提着一条毛巾伸向母亲,从背后裹住她的身体。她用一块粉色法兰绒包起母亲丝丝缕缕的头发,她们又一起在外面缠上一条白色的毛圈布头巾。

"你要上厕所还是——?"

"不,我不用。"

她母亲喘息片刻,重重地坐在浴缸边缘,这时,贝丝说:"我有个大好消息。"

"哦?"

"罗宾就在楼下。"

"罗宾!在这儿?"

"是啊。"

"噢,真好。"

"他突然就按了门铃,也没提前通知。"

"这么突然?"

"对吧!"

"我还以为是那个卖安素奶粉的人呢。"

"要不我扶你上床吧,给你换上粉色针织衫,再叫他把汤给你端上来?"

"我看我还是下楼吧,"她母亲说,"当然咯。我应该下去。他毕竟是远道而来。"

"好主意,"贝丝说,"你看你想穿什么。"

她们慢条斯理地下来了。贝丝走在前面,倒退着下楼,双手前伸,以防母亲摔倒。她母亲挑了件绿色的真丝长裙,搭配象牙白的上衣,衣服上绣着象牙白的花朵。她又给自己加了条色彩明丽的丝巾,上面印着福禄考和绣球花。她已经很多年没穿得这么隆重了。贝丝挽着她的胳膊走进厨房。大家都站了起来。她母亲不停眨眼,仿佛不敢相信眼前的景象。桌上的水罐里有株美轮美奂的水仙,淡雅的骨白色花瓣映衬着浅橘色的花蕊。这是她从医院回来后第一次下楼。

她母亲像迎接王子一样迎接了罗宾,这正是她的作风。她对儿子一向彬彬有礼。她哥哥稳稳地接住母亲,动作优雅而高贵,俨然《圣经》里的景象。

克拉克森医生简短地说了几句话,把贝丝对母亲的精心照料比作"活生生的艺术"。护士目不转睛地盯着她母亲。

他们怎么就笃定她一定会介意呢?

她介意吗？

克拉克森医生提出明后两天让护士和罗宾轮流过来，前提是贝丝和病人都没意见。

"妈妈，只要你同意，"贝丝说，"我没问题。"

她母亲点点头。

"可以的话，我得给你们写几个注意事项，都是些细枝末节。"

"很好。"罗宾说。

克拉克森医生松了口气，他事先肯定以为她们会情绪失控、抵死不从。人们如此可笑，总以为人与人之间只存在对抗与伤害。不按他们的套路出牌真叫人神清气爽。她想罗宾应该也很享受这个——他们这家人最擅长让人希望落空。

每个人都表现出自己最好的一面，这总能增强效果。

护士普普通通，模样呆板、眼神阴沉。她撑不了多久，他们还能请到更好的，不过她可以坐在楼下待命，必要时给她哥哥搭把手。请她是个好主意，真的。而且罗宾过两周就走了，考虑到劳伦独自带着女儿，两周实在太长了，贝丝说不定会建议他缩短到十天，不过当然，决定权在他。一切都很妥当。

她母亲逐渐恢复了活力。她很快变得娇俏活泼，不时还唱点儿小曲。她灰白的皮肤透出血色，粉嘟嘟的，面若桃花。她最近的日常用语发生了变化，谈起新闻里一名堕落的政客，她竟说"祝福他"，真让人有点儿担心。这种活力似乎正朝另一个方向发展。她的印花丝巾滑落下来，露出伤疤，她却毫不在意。贝丝暗想，她最多再过十分钟就要累垮了。这么卖力地梳妆打扮真会要了她的命，不过——她们很快就能上楼了。房间里充满欢声笑语。就连那个哭丧着脸的护士比阿特丽斯都舒展眉头，坦言说做她这行，追肥皂剧时也不能放松警惕，因为有人会乘机捣乱。贝丝想，到了三点钟，他们可以集体上楼去看《医者心》。她这就提议。护士或许只需要吃点儿蛋糕提振心情。她可以溜出去买一块。让欢快的气氛继续。

她母亲和哥哥坐在一起，手拉着手，她母亲双颊绯红，洋溢着喜悦。贝丝笑了，一种歇斯底里的狂喜在她胸中翻腾，就像圣诞将至那样，深切而满足。名正言顺的放纵。哥哥遇上她的目光，冲她眨眨眼。

"我的英雄回家了。"她隔着桌子给他飞去一个吻，手臂伸得那么长，手指几乎碰到他的嘴唇。

那一刻，她百感交集。

照顾至亲的生活并不比别的生活逊色。说不定还是最好的一种。人们为什么会对正常的亲情这样大惊小怪？克拉克森医生私底下难道就没琢磨过，这世上有谁会为他这样做？

他从没提过克拉克森太太,小克拉克森们好像也只会叫他伤心。她母亲有一次还说:"我有时候觉得,贝丝,安东尼·克拉克森可能对你有点儿意思哦。"

"妈妈!"她惊呼。

克拉克森医生面色苍白,一只手紧紧抓着桌子。他的整个身体都仿佛在说,我究竟还待在这儿干什么?这的确是个好问题。护士摇着头,仿佛再也憋不住笑,又像是再也受不了某种情绪、某些人、某个场合,或者干脆什么也受不了了。

怪了。

那是她们最后一个四月。

THE TROLL

山妖 *

菲利普·霍恩

PHILIP HORNE

*. 山妖（Troll）是挪威神话中一种巨怪，也指在网络上发布挑衅言论的人。

I

那位青年等着等着,起初愉悦的心情渐渐蒙上一层焦躁。在这样一个场合,置身金银珠宝、绫罗绸缎、意大利纯棉、设计款丝巾之间,他愈发自感模样寒酸,于是竟有些庆幸自己无人问津,可以坐在昏暗的角落,独自面对桌上的花缎亚麻餐巾、晶莹的杯盏和将尽的蜡烛。美貌的服务生和女招待短暂地围拢过来,又很快弃他而去,或许是瞥见了他的智能手机屏幕上那道浅浅的裂痕。他竟忘却了自己每次来赴这歌舞升平的饭局,欢欣之外,心底总有些许无奈。他刚才走得匆忙,没带书报,所以只好盯着面前的桌布和周遭的食客,那些人刚才都在看他,或轻蔑地打量,或鄙夷地审视,这会儿已经悉数收回目光。

突然,他的手机响了,弗洛拉背着他新换的铃声响彻餐厅,打破了他的默默无闻。人们纷纷侧目,他吓得赶忙去接,却把手机打翻在地,顺带碰倒了一只硕大的红酒杯。他眼看手机和杯子坠向锃亮的地面,在大理石、花岗岩、石英——

或无论什么材质的地板上摔得粉碎。落地后,手机仍在密如蛛网的碎片中嚎叫,他弯腰拾起,一片碎玻璃扎进他的指甲缝,顿时泛起蜂蜇一般的刺痛。服务员赶来收拾残局,一脸不屑——不过还不至于像他担心的那样立刻赶他出去,虽说他看得出,他们肯定动过这个念头。他用花缎亚麻餐巾止住血,接了电话,是格洛丽亚。

她说因为下雪、误车、铁轨上有牛等种种状况,她会晚到。得知自己还有一小时要等,他反而松了口气。他照她的吩咐点了面包、橄榄、气泡水,又怯生生地点了瓶香槟。他还要了一张创口贴,并且,在浑圆、辛辣、罗马风味浓郁的橄榄上桌后,他又自作主张地要了两样东西——纸和笔。

确认过他要的香槟,那位窄胯女招待迷人而饶有兴味地笑着走开了。他提笔写道:

> 孤寂的写作生涯,须有某种激励或报偿——譬如同僚的赞赏,老友的慷慨,单调生活中的喘息,返身自省的契机,当然,还有新的工作。不夸张地说[1],我过得不错,我已经振作起来,走出了谷底——就算这本书依然恶评如潮,但我坚信,我的下一本书一定会达到,好比说,某种新的高度。如今,在出版前后,这样的午餐已是必不可少,可为

---

[1]. 原文为法语。

什么我赴约时总感觉如鲠在喉,心情犹如去看牙医?难道就因为我的作品总是不尽如人意?

与这一切开始时相比,我的境况鲜有改变。那是五年前,当时我们,她和我,当然别忘了还有诺曼,都是"英国优秀青年作家"(也就是说,未满四十)。

2011年,我们应英国大使馆文教处之邀前往罗马,出席光鲜的朗读会、对谈会,作品一签就是好几十本。我们享用美食,豪饮普洛赛克起泡酒,俨然把自己当成了记者。当时是四月底,罗马的天气却有如英国最美好的六月。有人在一座宫殿腾出地方,供我们住一个星期,我们搬进去,占据了底层。一切都是那么富丽堂皇——仿云石的地板,绘满壁画的穹顶,从阳台可以俯瞰我们独享的广场,墙上甚至还挂着一幅圭尔奇诺[1]的作品,画面上有一抹可爱的蓝,那是他的标志,十分性感,我想那幅画应该是《约瑟拒绝波提乏之妻》,不过很可能是复制品,或者出自同一"画派"。

大厅那头有个翻修时新辟的房间,可怜的老诺曼就住在里面,大厅这头,两个宽敞的房间分据两角,她和我一人一间。她房里有张四柱大床,足以

---

1. 圭尔奇诺(Guercino,1591—1666),意大利巴洛克画家。

睡下一个七口之家——她兴奋不已,尖叫着要我去看。要是在国内,我们绝不会有这样的举动。但甜蜜生活[1]那玩意儿上头,真的——我们举杯畅饮,置身难得的温润之中,下榻宫殿,受人瞩目,要知道在此之前,我们只习惯在书报摊无人问津。

我的小说处女作《劈裂》写的是杜伦城外一栋研究生楼里,一群极度敏感的人以及他们心底细微的萌动与震颤,主要表现他们在彼此间的闪转腾挪,对种种情绪洞察秋毫。说来也怪,在罗马,我四处朗读这部号称"细腻敏锐"的小说,却对发生在自己眼皮底下的事浑然不觉。我做梦也没想到,平静的表面之下竟暗流涌动,回想起当时的情形,我总会把它比作圣格肋孟圣殿。圣殿是我们三人在那位可爱的随行人员带领下一同游览的。它始建于1108年,殿内最引人注目的要数那幅《十字架上的胜利》,壁画以美丽的金色马赛克拼贴而成,画上是白鸽簇拥下的基督。这座圣殿本就已经尽显沧桑,岂料人们还在它下方发现了一座沉静而原始的四世纪教堂。更惊人的是,教堂之下居然还有一座更古老的异教神庙,在庙中的祭坛雕刻上,密特拉[2]正割开一头公

---

1. 甜蜜生活(dolcevita)是一种意式鸡尾酒,由伏特加、金巴利、柠檬汁、香槟等调制而成。
2. 密特拉是古老的印度-伊朗神祇,被奉为契约守护神,后来更被视作太阳神,曾是雅利安人万神殿中共有的崇拜对象。

牛的喉咙。在所有这些之下,一条地下河汩汩流淌,显然是为了带走血污。不知为什么,每当我想到与我同期的两位"英优青",这个意象就代表了我全部的怀念。

首先,《索尔福德编年史》的作者诺曼·希格斯,已婚且育有数子,被格洛丽亚迷得神魂颠倒。她用善意的玩笑拒绝他的好意,时常取笑他肥胖的啤酒肚,丝毫不顾及他的自尊(当时,我还以为这不过是女权主义者对他北方式的大男子主义本能的不满)。他体毛浓密,还爱穿开领衫,卷曲的毛发总是伸出领口,暴露在罗马的阳光下,她不止一次说起这个,当着他的面也照说不误。可怜的诺曼没得过奖章,她就总说要给他买一枚。或许他仅凭这点就以为她的确倾心于他,并不介意他的身材。但他不知道,她曾在背地里说,他虽然自比特德·休斯[1],却总让她想起莱斯利·道森[2]。

更严峻的是,我完全没意识到《三月新娘》的作者格洛丽亚竟然对我有意。她为人风趣,有种狂野的魅力,但并非我喜欢的类型——比起亨利·詹

---

1. 爱德华·詹姆斯·休斯(Edward James Hughes,1930—1998),常称特德·休斯,是英国诗人和儿童文学作家。
2. 莱斯利·道森(Leslie Dawson Jr.,1931—1993)是英国喜剧演员、作家兼主持人。

姆斯和《慕德家的一夜》[1]，她更喜欢勃朗特姐妹和《周末夜狂热》[2]。或许我之所以没往那儿想，是因为我当时在国内有位不错的女友，或者说有过——我出国前跟她大吵一架，我们的感情凶多吉少；所以我尽管身在罗马，却无心恋爱。当然，我们都很享受那段时光。格洛丽亚是位朗读高手——她懂得如何逗听众开心，调动他们被诺曼带入谷底的情绪。凭借炽热的性描写（类型各异）、黑色幽默的情节和突如其来的杀戮场面，《三月新娘》（七月就全部成了寡妇）在费里尼的罗马大受欢迎。她和我会反复开某个保留玩笑，会相视而笑，特别是在诺曼表现得异常凝重时，她还坚持我们每天早晚必须亲吻——双颊，也会出其不意地挽起我的胳膊。但我并没多想，以为我们浪漫文人就是这样，所以，接下来的一切才让我措手不及。

我还是长话短说，或者直奔重点吧。回国前夜，我们做了最后一场朗读，然后在文教处的屋顶露台上参加了最后一次自助酒会，会上人人开怀畅饮，处处语笑喧阗。酒会结束后，诺曼、格洛丽亚和我被送回宫殿，我们在门口下车，三个人都喝了太多

---

1. 《慕德家的一夜》（*Ma nuit chez Maud*）是法国导演埃里克·侯麦于1969年拍摄的新浪潮电影。
2. 《周末夜狂热》（*Saturday Night Fever*）是1977年的一部好莱坞歌舞片。

不限量的红酒，走得踉踉跄跄，我心中好不惬意，同时也意识到这样的感觉今后恐怕很难再有（事实上，后来的确再没有过）。我说想趁睡前一个人再到罗马的街上走走。格洛丽亚略显失落，而诺曼尽管人已微醺，却骤然来了精神。

我逛了好一阵子。那时我还没有智能手机，身上只有一张皱巴巴的免费导游图，再加上喝了太多普洛赛克起泡酒，整个人完全不辨方向。况且，迷失方向似乎正是我想要的，我想不设防地投入这座城市。我在温润的夜晚穿过罗马的街道，体会到一种奢侈的富足，仿佛整座城市都属于我。经过西班牙台阶时，我想起了不幸的济慈；继续向前，我稀里糊涂就来到了特雷维喷泉，在那儿，我像所有人一样，想起了丰腴妖娆的安妮塔·艾格宝[1]；站在万神庙前，我脑中浮现的是异教徒、基督徒，还有头顶那只凝望人间的空洞眼眸；来到台伯河畔，我眼望圣天使城堡，怀想托斯卡[2]和她最后那纵身一跳。再往后，我实在累了，当时已是凌晨两点半，迟来的醉意涌上脑际。于是顺着河岸往回走，途经普利莫里宫那座气势过于恢宏的拿破仑博物馆，回到我

---

1. 安妮塔·艾格宝（Kerstin Anita Marianne Ekberg, 1931—2015）是一位瑞典模特及演员，曾演出 1960 年的意大利电影《甜蜜生活》。
2. 普契尼歌剧《托斯卡》中的女主人公。

们毫不逊色的宫殿。我感觉自己像一位宽和的征服者，在我小小的尺度上征服了这座城市。事实上，可以说，这就是我人生的至高体验了。除非这本新书还能扭转我心目中这场漫长的退潮。

彼时，我已不胜困意，只希望等我悄然登上宫殿宽阔的台阶时，格洛丽亚和诺曼都已经在各自床上安然入睡。我费力地摸出密码，输进去，缓缓推开门，脱下鞋，轻手轻脚地走向洗手间，全程没有开灯——街灯足以照明。穿过大厅时，我感到这个宽敞明净、大得离谱的房间仿佛有种魔力。我刷过牙，洗过脸，钻进自己温暖漆黑的房间，顿感一身轻松，于是直接甩掉衣服，爬上那张宽阔的大床，虽说当时伸手不见五指，但回想起来，我仍能记起床上镶金的纹饰，感觉它俨然一艘皇家驳船。驳船起航，我近乎清醒地躺在黑暗中——百叶窗已经放了下来——细细品味这最后的非凡时光。

忽然间，我从心满意足的瘫软变为十足的警觉。旁边的枕头上传来轻浅的呼吸。难道我进错了房间？不会，我还没醉到那个地步。我伸手去够我老旧的手机，暗淡的荧屏照亮了格洛丽亚——近在咫尺——的脸，她就在我身旁熟睡，显得单纯而无辜，几乎像个睡梦中的孩子，那样子，说实话，相当迷人。显然，她比我还醉得厉害——她尽管身材娇小，喝得却一点儿不比我少。或许她只是错把我的房间当成了她的。

可她却睁开眼睛，会心一笑，表明她并没走错。"过来。"她呢喃着，掀开被子，露出苗条却凹凸有致的身体。我迟疑着，完全无所适从，她靠向我，温暖的皮肤紧贴着我的身体。我想我或许该学菲利普·马洛[1]，可格洛丽亚绝非那个心怀杀机的卡门·斯特恩伍德。我喜欢她，再说在我床上，她也算是个客人，虽说是不请自来那种。我本可以宣称我喜欢男人——这也是唯一不伤人的托辞，可我压根儿没往那儿想，而且那肯定会很牵强。在我无意效仿的鲁肯伯爵[2]那个圈子里，流传着一种说法，叫"礼貌性上床"，指君子为照顾双方的尊严而答应淑女的请求。我可比那要自愿得多。不过另一方面，我必须承认，这也算不上什么一见倾心[3]。

事后，我们躺在床上，沉默良久。没人知道这意味着什么——她不知道，我更不知道。她伏在我胸口，身体轻盈，缕缕长发四散开来，铺展在我身上，显得满心欢喜。我则竭力把这视作一个完美的

---

1. 美国推理小说家雷蒙德·钱德勒塑造的侦探形象，后文提到的卡门·斯特恩伍德亦是钱德勒笔下的人物。
2. 英国著名悬案"鲁肯伯爵失踪案"的主人公，1974年，鲁肯伯爵在家把保姆当成妻子杀死后失踪，至今下落不明。
3. 原文为法语。

罗马式句点。

我们本可以好好谈谈,把话说开,可一个声音忽然传来——椅子猛烈地擦碰仿大理石地板,某人嘟囔着"见鬼!",我俩都屏息狂笑。诺曼出来了——我猜是去冰箱拿杯水之类的。但并不是。我们听见他啪嗒啪嗒的脚步声穿过大厅,越来越近。我惊恐地想到,他肯定是乘着酒兴下定了决心,要叫我起来跟他开诚布公地谈谈,告诉我他到底怎么看我和我的作品,而不是像之前那样阴阳怪气地冷嘲热讽,或者趁我朗读时在下面哼哼唧唧。

脚步声停在我门口,但没人敲门。他在听。我们屏住呼吸。赤脚轻拍大理石的声音再次响起——他离开我的房门,朝格洛丽亚门口走去。脚步声又停下来——他在听那边的动静。随即传来轻轻的敲门声,然后是稍重的一声。"格洛丽亚!"他轻声唤道——接着又提高了音量,用浓重的曼彻斯特口音喊:"格洛丽亚!"我们听见门把转动,他显然进了她的房间。他悲伤地喊着:"格洛丽亚?"然后是一声:"噢!"听到这儿,我们不禁笑出了声。他一定是听见了,因为他又说了一声"噢!"——语气比刚才阴沉得多。

现在他啪嗒啪嗒地穿过走廊,回到我门外,站在那里,喘着粗气。在阒寂的黑暗中,我感觉他仿佛就站在床边，低头对我们怒目而视。他听上去悲愤交加，或许还带点儿暴力倾向。我们躺在床上，紧张得大气也不敢出，憋着笑，却也有些害怕。他起码在那儿站了一分钟。随后，他沉重的脚步声渐渐远了。

"哇啦哇啦，山妖来啦，"他的门终于咔嗒一声关上时，格洛丽亚说，"当心他把你的骨头磨成粉做面包哦。"我们笑了，不仅因为松了口气，还因为生活用一出滑稽剧，漂亮地终结了这段本就令人难忘的插曲。

在罗马，我们没能把话说开，所以才……哦，她到了。未完待续？

2

"你好啊，亲爱的。亲亲我。嗯，好多了。天哪！这一路简直别提了……我说的不是晚点，那很正常——啊，我看你照我说的点了香槟，还有吗？噢，太好了！不，我受不了的是那些人！到处都是发'阅后即焚'[1]的、看《五十度重口味》的、读《女邮》[2]的。冥顽的法拉奇分子，粗鄙的非利士人，

---

1. 一款照片分享应用。——编者注
2. 英国《每日邮报》的女性专栏。

山妖 | 219

不是有钱又傲慢,就是穷酸又怨愤……"像往常一样,格洛丽亚的到来引起了一阵轻微的骚动,不少人把目光投向他们,虽说那不过是本能的好奇,但威尔仍不禁有些自得——毕竟他在别处几乎无人注意。

"我们的小村庄完全没有这些,纯净得像个天堂,"她接着说,"假消息进不来。呃,我想这么说也不全对。他们也喜欢看难民少年变成人弹的故事,还非说手足口病是环境食品及农村事务部故意释放的……对啊,也不是每个人都那么知心啦。不过我有个女巫团,人人都很可爱。都是我的'朋友'和'粉丝'……"威尔有些走神,因为邻桌一个三十出头的女人正用手机偷拍他们——拍的是格洛丽亚,所以自然也拍到了他,而且当即激动万分地发布了照片。"……总之,没错,回到伦敦确实很开心——见到你也是。噢,再加瓶香槟,谢谢。别担心,真的,这顿我请。你能来见我真是太好了,你总是这么好——我得请你。就这么定了,亲爱的。"

格洛丽亚穿一身不对称设计的服装,黑色的衣料层层叠叠,巨大的耳坠在耳垂上晃来荡去,鼻翼上打着一枚精致的纯银鼻钉,一头浓密的黑发披散在肩上。这身打扮完全符合她知名畅销书作家的光辉形象——威尔心想,就像情绪低落的自己想必也同样符合失败者的形象。她还在滔滔不绝。

"我很喜欢你的新作《细则》——写得很棒,亲爱的。我觉得你迈上了新的台阶。书名就起得很好——特别机巧,比《罅隙》《解扣》和《别无他人》还有另外那本名字很长的都上了个档次——而且故事也很巧妙。我是说,你的书这次总算有个故事了!这就是你的《浮士德》,对不对?只不过发生在一个拥有无限信用额度的年代。妙极了。我敢说你肯定能卖出电视剧版权。啊,谢谢,嗯,打开吧。来,干杯,让我们祝它成功,也祝你成功!是今天出版吗?明天?太棒了。"

他们为他的新书干杯——他也坚持要为她的新书干杯。那本《直面激情》,讲述了一位年轻寡妇与火葬场经理之间疯狂的爱情故事[1],已经掀起了销售狂潮。他们聊着手头的工作,谈论着上次见面以来涌现的种种新闻。

但她说得越多,他就越感觉厄运当头,仿佛她还揣着什么难以启齿的事,眼下只是在顾左右而言他,延缓对他的打击。事实上,等她终于开口时,他反倒松了口气。还好她这次只提了个问题,而威尔事先已经猜到了一半。

"咱们那位毛茸茸的朋友现身了吗?抱歉提起他,不过你知道,你每出一本书,他都会躲在桥下给你使绊子,不让你好过。"

这便是他们口中的"山妖"了,一个神出鬼没却让人无从躲避的角色,自从威尔出版第二部小说《扣紧》以来,此人便以奥托·斯特洛尔的名义在各大重要网站发表评论,俨然一名"顶级书评人"——"山妖"的谑称也由此而来[2]。他初次暗箭伤人距今已经有些时日。好在这次,威尔还能给格洛

---

1. 原文为法语。
2. "顶级书评人"(Top Reviewer)缩写为 TR,而"山妖"(Troll)正是以 TR 打头。

丽亚一个否定的回答。不,山妖并没出手,起码现在还没。她听完松了口气,但见到威尔还是闷闷不乐,她又略有些惊讶。

五年前,罗马之旅的回程气氛尴尬。诺曼全程愁眉不展,悲愤之情溢于言表,不但宿醉未消,浑身还笼罩着一层愁云惨雾。飞机上,他们三个极不自在地并排而坐,阅读彼此的作品:威尔和诺曼读格洛丽亚的,格洛丽亚读威尔的,没人读诺曼的。日后,威尔咬着牙逼自己啃完了《索尔福德编年史》——那是一部以索尔福德历史为蓝本的史诗巨著,透过英勇的哈金斯一家的视角,展现了一系列重大的历史事件,从英俊王子查理来访到威廉·赫斯基森死于有史以来第一起铁路事故,从水牛比尔的《狂野西部》节目到伦敦大轰炸。它有种粗犷的力量,不过,看到书中不时把南方知识分子刻画得盛气凌人,威尔皱起了眉头。好在诺曼写这本书时还不认识威尔,所以安布罗斯·圣约翰绝不可能是他。

几天后,格洛丽亚就开始给威尔发邮件,言语间俨然默认他们会继续"在一起",就跟这么说很恰当似的。他窘迫得完全失了方寸——大都没有回复,只偶尔简短地回一两封,而且每次都抓耳挠腮,闪烁其词,既想显得诚恳,又怕给她希望。他们绝无偶遇的可能:她住在约克郡乡下——《三月新娘》及其改编电视剧大获成功,为她带来一笔可观的收入,足够她买下一栋小巧的别墅,更别说那辆乳白色的保时捷了,她曾给他发过它的照片——而他则教务缠身,还得定期探望病弱的母亲,基本不会离开伦敦。过了一两个月,她就不再发邮件了。

但不出一年,他们就又见面了。当时正值《扣紧》出版,在这部小说中,威尔的几位主人公南下伦敦,徒劳地挣扎在出版业与文学报道的夹缝之中。她对小说大加赞赏,发来短信说想读手稿,还坚持要在梅费尔的一家餐馆请他吃饭,更特地指出,菜色是正宗罗马风味。那是他们第一次共进午餐,席间,她给他看了斯特洛尔刁钻刻薄的大作,她是碰巧在亚马逊的小说页面上一个显著位置看到的。

在文章开头,斯特洛尔描绘了一个养尊处优的象牙塔圈子,那据说正是威尔的出身背景。随后,文章将威尔斥为一个骄傲自满、浮泛空洞的伪先锋,尽管自比亨利·詹姆斯,但智识水平和道德情操却连詹姆斯·赫里奥特[1]都不如,遑论叙事趣味。在文章末尾,斯特洛尔开始设想如何才能奉劝他就此封笔,因为他的创作不仅是一场丢人现眼的灾难,更让文学蒙羞。唯有劝他停止写作,读者才能免受折磨,因为读他的书,就像坐上巴士,没完没了地行驶在伦敦阴郁的郊野,途经一座座千篇一律的车站——事实上,斯特洛尔认为,他或许已经造成了一两起自杀事件,而且绝对诱发了不少人的重度抑郁。

斯特洛尔是谁?她问。学生时代有谁对他怀恨在心吗?他有些错愕,不过细细想来,他发现过去的老相识里只有一

---

[1]. 詹姆斯·赫里奥特(James Herriot,1916—1995),英国知名兽医作家。

人有此嫌疑，那就是他的同辈兼大学同学马克·洛德——毕业时，威尔荣膺一等学位，他拿的却是二等一学位，他出身书香门第，肩负父母厚望，尤其在意这种落差。威尔留在剑桥继续攻读博士学位，而马克为了奖学金，只得屈就兰彼得大学——在威尔士，他终日与羊群为伍，把所有时间都花在了他的威尔士妻子和几个孩子身上。两人共同认识的一位学界友人曾在兰彼得大学做过校外导师，他向威尔坦言，马克曾在酒后承认厌恶威尔，接下来又足足骂了他一个多小时。不过那已经是两年前的事了。

对此，格洛丽亚将信将疑。她说其实有个头号嫌疑人，具有他俩再清楚不过的动机——而且此人连长相都酷似山妖。她还向威尔透露说，诺曼不仅总给她发那种炽烈而伤感的短信，还不时驾车从索尔福德过来看她，她尽量避而不见，但有时实在躲不过去。好在他倒也没什么威胁，只顾自哀自怜。诺曼曾暗示，她一旦松口，他就会为她离开自己那个人丁兴旺的家庭。而且她说，他还曾对威尔出言不逊，尤其在《扣紧》获得维尔德维尔奖提名之后（可惜最后没得）。

在后来的几次午餐中，她又向威尔报告了新的情况：首先，斯特洛尔对别人的作品都评价颇高——其中就有她的作品，也包括诺曼自己的小说。假如诺曼就是斯特洛尔，那么这也绝非文学史上头一遭。爱伦·坡不就多次评论过自己的作品吗？评论一篇篇出炉，渐渐成了一系列致威尔的公开信，恳求他停止写作，别再用那些枯燥无味、令人失望的作品折磨读者了。

但她却说:"你不必太在意他,真的。"尽管他刚告诉她自己并不在意。"我知道这事挺叫人灰心的,而且我看你也没法置之不理,因为他毕竟把东西发在读者买书的页面上了。不过,你知道,'魑魅魍魉,莫能夺其心志……行遍逆境,不渝朝圣矢志。'[1] 没错,是有人记恨你。但那又怎样?勇敢点!战胜他……"

那顿午餐结束时,她说自己就住在附近一家低调的精品小酒店,一定要他跟她回去开第三瓶香槟。他原以为两人的关系已经改变,不再暧昧,可却发现自己的犹豫在她眼中激起了一丝痛楚和脆弱。他心软了,无力拒绝。反正她也没打算放他走。"对你这只是举手之劳。"她说。他当时没有感情牵绊,也确实喜欢她——他动摇了,然后迷失了。

接下来的一切堪称煎熬,坦白说,他甚至不能行应尽之事,这在他可是前所未有。出了酒店,他跌跌撞撞地步入清冷的暮色之中,感觉屈辱而可耻——他心中充满悲哀,既可怜格洛丽亚,也可怜自己。吻别时,她脸上浮现出一种悲伤的困惑,日后,那神情总会在难以预料的时刻涌上他心头,令他几近落泪。

接下来那两年,他先是出版了《灰色的人》,在其中塑造了一位深受抑郁症折磨的年轻作家(她戏称为"面目模糊的

---

[1] 出自约翰·班扬作的圣诗《谁愿做勇士》(*He Who Would Valiant Be*)。

小人物")。随后又出版了《我们身不由己》,在其中刻画了一批失去工作、家庭破裂、感情失败,终日郁郁不得志的人物(她称之为"蠢蛋")。而他每出一本书,她都会发出同样的邀约。不过那两次午餐,他都温和而坚定地拒绝跟她回到她酒红色的丝绸床单上,而且为了顶住压力,他事先还会做些安排,推说不得不去。再者,不管怎么说,他现在已经有弗洛拉了,她可不会理解什么叫"礼貌性上床"——况且他们明年就要结婚了。这次,格洛丽亚活跃得简直令人揪心——他甚至怀疑她是不是服了什么药,不过一直到布丁上来,他们聊得都还算愉快,也没再提到斯特洛尔。

然后他们点了餐后酒——她每次都要阿玛罗,她说这名字是爱与苦涩的完美结合,因为它特别像 amare[1]——这时,她忽然想起了什么。"噢,真不好意思!我该早点说的。应该是好消息,我觉得是。我有位'粉丝'知道我认识你,所以今天早上在推特上给我发了个链接,是《伦敦书评》为你的书写的评论,不过我还没来得及看。说不定你真的要时来运转了哦!"她抽出苹果平板电脑,三下两下就点开了文章。标题是《眇乎小哉》,这可不是个好兆头,威尔探身越过桌子,一看到文章,他的心就沉了下去,标题下方正是那个名字——奥托·斯特洛尔。

这回,一直在"桥下"使坏的山妖竟堂而皇之地进了"城

---

1. 阿玛罗(Amaro)是一种意式餐后酒,名字在意大利语中是"苦涩"的意思,Amare 是意大利语中的"爱"。

堡"——天哪,《伦敦书评》可以说是当今硕果仅存的主流严肃文学评论期刊了。他摇身一变,成了一个炉火纯青的食人看守,拉起吊桥,投下巨石,以防威尔前来进犯。威尔越往下读越觉得喘不过气。在某种意义上,这是斯特洛尔迄今最有力的一击。斯特洛尔尽管恶声恶气,添油加醋,却把文章写成了一份宣言,在其中提倡雄心勃勃的鸿篇巨制,反对精雕细琢的个人小传。这篇文章的另一个可怕之处,在于它让人读来欲罢不能,行文有种无可否认的风趣——这辛辣刻薄的 3500 字狠狠嘲讽了威尔的整个世界观,奚落了他的行为举止和自我评价;文章失之偏颇,却让人很难置之不理。读到某些段落时,连威尔自己都笑了。忽然间,他完全泄了气。难道他已经注定逃无可逃?在这之后,出版社还会跟他续约吗?《灰色的人》和《我们身不由己》本就销量欠佳,《细则》凭什么就会卖得好呢?山妖把这本书称为"服务条款",说书名简直恰如其分,因为服务条款最大的特点,就是没人会看。威尔心想,自己早该料到有人会这么说;事实上,或许他在潜意识里就是山妖的同谋,根本是有意授人以柄。最糟糕的是,由于时间关系,其他书评人都会在交稿前读到这篇文章——而据他所知,轻蔑,是最容易蔓延的情绪。

"好啦,威尔亲爱的,看在上帝的分上,别哭。"他没哭,不过她这么一说,他才惊觉眼泪已经涌上眼眶,意识到自己看上去是多么沮丧。"咱们不如换个角度看,亲爱的,"她继续说,"我在想,诺曼是怎么登上《伦敦书评》的?这太可怕了。不过这只是蓄意抹黑,大家会看出来的——没人会把它当真。你看,咱们依然可以过好这个下午:跟我回酒店吧。我知道你有多拉[1]了,她肯定相当不错——不过我们不必被这个束缚。我一个字也不会说。今天下午我们可以关起房门,把世界挡在外面,重温旧梦。我会保护你的。"

威尔不知被她的哪句话击中了,突然双手掩面。她把手搭在他肩头,等待着。他似乎深受困扰,足足沉默了一分钟之久。

然后他说:"抱歉,格洛丽亚,我不能再那么做了。谢谢你的好意,不过我想我得走了。就这样吧,这真不好受。"

不过他并没起身,而是咬着嘴唇坐在原地。"其实呢,有件事我也该早点儿告诉你的——是件叫人难过的事,不管怎么说都是。我从经纪人那儿听说,这事还没对外公布——呃……总之,我们猜错了,山妖不可能是诺曼——他死了,就在六周前。他去澳大利亚参加一个书展,一做完朗读就跟主办方吵了一架,所以他走后,他们也没跟他保持联系。他肯定是想开车去外地,结果不慎绕进了澳洲内陆。还记得他在罗马有多爱迷路吗?后来,终于有人发现他的车被遗弃在停车场。他们两周前刚找到他,或者说他的遗骸——在一个深坑里,简直骇人听闻。"

格洛丽亚的面容扭曲了:"简直太惨了。我的天哪,可怜

---

1. 威尔女友的名字是弗洛拉,昵称应为"洛拉",此处应为格洛利亚记错了。

的诺曼。他的家人怎么办啊。还有孩子们……太吓人了。"她出神地盯着虚空,吞下一大口阿玛罗,"不过书评肯定是他去参加书展之前就写好的吧?"

"不可能,"威尔淡淡地说,"记得吗?小说最终版三周前刚出来。不会是他。"

她开始坐立不安:"那会不会是你那个朋友呢,叫什么来着?——马克,对吗?所以终究还是他咯。"

"呃,我看不像。是这样,我两个月前在大英图书馆遇见他了,我们决定不计前嫌,一起吃个午饭。他告诉我,他发现威尔士才是最适合他的地方——现在他在那儿算个人物了,也得到了资助,可以休个长长的研究假期,专心写书,总之听上去相当不错。他是因为这个才来的伦敦。我讲了我的困境——你知道,就是写作瓶颈啦,精神崩溃啦,还有恶评如潮、囊中羞涩、临时合同,等等,他听了就说,他过去完全把我想错了。他还真道歉了,说不该拿我当假想敌。而且我得说,我相信他是真心的。我们冰释前嫌,相处得十分融洽。所以也不可能是他。"

格洛丽亚脸上闪过一丝诡异的神色:"那你觉得山妖会是谁呢?"

"我说不清。"威尔轻声回答。

3

两个月后，威尔第一次造访格洛丽亚的村庄，就在他拾级而上时，格洛丽亚那副诡异的表情再次浮现在他脑海。她像是受了打击。此刻，置身春日的约克郡谷地，穿行在和畅的惠风中，身披上午灿烂的阳光，他感觉自己离梅费尔餐馆里那个幽暗的角落无比遥远。那天她稀里糊涂地看看时间，要来账单，付了钱，把她的东西胡乱一塞就走了，没再客套一句——似乎只想尽快抽身。

他到早了，因为特意留出时间，想从最近的车站下车，走完最后五英里的乡间小路。打车太快、太突兀了，这条曲折无华的小道能给他时间思考。他登上最后一座山丘，在山顶极目眺望，只见村庄铺展在林木环绕的谷地中央，仿佛已这样毫无改变地存在了——嗯，至少从二十世纪 50 年代就是如此了。面对这壮美的景致，他不禁落泪。他走上一片绿莹莹的草地，坐下来，闭上眼睛。

想到就要跟格洛丽亚的朋友们见面了，他意识到一个问题，随即陷入沉思。她会怎么跟他们说起他呢？或许她什么都没说，尽管现在，对那些书评的出处，他已经做出了最万不得已的猜测。世界不会只围着他一个人转，他不断被这样提醒——他可以说自己只是格洛丽亚的一个老朋友。

风吹来教堂的钟声，他用手机看看时间；虽说来得早，但他走得太慢，眼看就要迟到了。于是他"噌"的站起来，大踏步迈下山坡，走向灌木丛的起点，在那里，道路没入了黑暗芜杂的树丛——但有无数鸟儿在拼命歌唱。

不等他走出树丛，钟声就停了，不过那座古老的灰石教堂还没有关门——教堂墙上爬满常青藤，低矮的四方尖顶巍然耸立，周围树木掩映。要在隆冬时节，这些树木想必会令人毛骨悚然，但眼下，灿烂的阳光却把它们照得明艳动人。最后一批来宾正陆续入场，威尔也跟着溜了进去。朝南的大门敞开着，阳光涌入教堂，把古旧的地板照得明晃晃的——教堂上方不少高窗都装着白玻璃，这会儿也都透进阳光。几个世纪以来，这个小村庄的居民尽管历经霜雪、洪水、战争和贫困，却始终没有放弃信仰。信仰的平和给他带来了慰藉。

他一开始没找到座位，不过一位没好气的女接待员领着他穿过狭长的中殿，经过两旁的一排排面孔，来到前排一张位置尴尬的长椅上。他欣慰地看到，教堂里洋溢着对格洛丽亚的爱意。他刚刚坐定，四周就变得鸦雀无声，四个健壮的女人抬着棺木进来了，其中一个哭出了声。他垂下眼帘，想到这个与他有过交集的生命已溘然长逝，顿觉心惊。他一个激灵，突然意识到——并且发现这个想法一直盘亘在他心底——格洛丽亚的死，该不会与他有关吧？

然后他抬起头，误以为——一定是错觉——所有人都在盯着他看，要么就是刚刚移开视线，免得与他视线相交。无论这是不是真的，他都骤然局促不安起来。看样子，到场的宾客几乎全是女人，为数不多的几位男宾也都是陪同，他似乎已经打破了某种禁忌,所以,这想必就是格洛丽亚的"女巫团"了。

两个女人上台致辞,她们都与格洛丽亚年纪相仿,分别是她最好的朋友和她的文学代理,她们赞扬了格洛丽亚无畏的品格、天才的想象力、慷慨的个性和俏皮的幽默。她走得如此惨烈,实在令人心碎——但她的作品必将永久流传,因为它已经改变了千百万人的生活,包括她们自己在内。评论家和对手向来待她不公,他们嫉恨她居高不下的销量,给她的作品贴上"女性小说"的标签,但事实上,这些作品从不缺乏转变观念、滋润心灵的力量。其中一个人说,她从未受到太多男人的青睐,她总是高看他们,不断被他们蒙蔽——那些薄情浪子总是自命不凡,从不珍惜她的付出。只有她父亲和大学时代的同性恋好友从没让她失望。人群中爆发出一阵同情的悲叹,还夹杂着愤怒。"好了,现在该轮到他们后悔了。"那位朋友宣称。

几个人瞟向威尔这边,一阵寒意传遍他全身。他的经纪人只告诉他,格洛丽亚死于车祸,给了他葬礼的时间。他之所以来,一是因为感觉自己义不容辞,二是因为想郑重地悼念她——可现在,那位女牧师开始讲话了,她说得拐弯抹角,但他听着听着,渐渐明白在场宾客几乎无不相信,格洛丽亚是故意开着她那辆乳白色保时捷冲下公路,跌入了那道致命的峡谷。

宾客纷纷走出教堂,踏入阳光中,他却依旧坐在原地。想到她的死很可能不是一场可怕的意外,而是有意为之,他痛彻心扉。他望向门口,瞥见一个中年女人逆光的剪影,那女人短发、戴眼镜,站在那里目不转睛地看着他。他看不清她的面容,不过那姿态让他感觉这人——怎么说呢,恶狠狠的。突然间,他想到:重伤的格洛丽亚会怎么跟她们说起他呢?他预感酒会上可能会有麻烦。

他走出教堂,还好没人盯着他看。他戳在那里,完全茫然无措。那儿还有一个女人,年纪与他相仿,毫无恶意,慈眉善目,显然刚在葬礼上哭过。她来晚了,也是独自一人,此刻正对着他淡淡微笑。她穿过墓地向他走来,说:"你好,我是吉尔,格洛丽亚最早的朋友之一。我想我应该没见过你……"威尔松了口气,也回以微笑。"你好。"他说,然后报了自己的名字。

她没作声。事实上,她就像被他一脚踢中了肚子。她的脸皱成一团。"抱歉。"她嘟囔一句,转身就跑,打着趔趄不顾一切地冲出教堂墓地。石墙背后随即传来喘息、干呕和啜泣声,另外几个女人走过去搀扶她。

真像一场噩梦。威尔只能盯着自己的脚尖。他感到周围的人都盯着他窃窃私语,交换他的名字,为他竟敢出现而愤慨。在悲痛与厌恶之间,有些人禁不住哭了起来,而他却只能站在原地。

终于,搀扶吉尔的女人之一回到教堂墓地,向他走来。这显然需要莫大的勇气,不过她似乎自认有义务代表大家说几句话。他从姿态认出了她:就是那个恶狠狠的女人。"你

山妖 | 233

根本不该来,"她正义凛然地呵斥道,"我们都知道你做了什么,格洛丽亚所有的朋友都知道——简直不可饶恕。她原谅了你——不过你别以为我们也会。她那么可爱的一个人。快走吧,别再来了。你以为你能蒙混过去吗?告诉你,我们都想替格洛丽亚讨回公道——你会后悔的。"

这话给了他重重一击,如同在橄榄球赛中被人突然抱截。威尔头晕眼花,耳朵嗡鸣。但他必须离开,因此,他摇摇晃晃地穿过一片非难之声,走向教堂大门。到了门口,他停下来,靠在门柱上休息。

一位男宾走过来,他身材矮壮,模样随和,三十来岁,表情难以捉摸。威尔还以为他会替自己说情,听自己辩解,结果太阳穴上却猛地挨了一拳。他被打得双膝跪地。

他踉踉跄跄地跑开,尖锐的啸叫声撕扯着耳膜,他退回那片幽暗的灌木丛,在乌云密布的天空下爬上山坡,连走带跑地逃出两英里,尽可能远离教堂。暴雨倾盆,他迷失了方向;他在淤泥里滑跌翻滚,发现手机不见了——肯定是刚才倒地时掉出了口袋。他浑身透湿,不辨方向,惭愧、困惑、悲痛欲绝,他就这样恍恍惚惚地走出好几英里,直走到天色晦暝;他不时痛哭流涕,为格洛丽亚,为诺曼,也为自己;不时又痛苦地嘲笑一切。他本想回去找他的手机,可哪条才是通往教堂的路?他走到车站时,天已经完全黑了,等他终于回到伦敦,时间早已过了午夜。

这时,网上又冒出一篇《细则》的书评。他打开邮箱,发现它就躺在那里，发件人是一位热心的朋友。不知为什么，他总爱在睡前查看邮件，所以总落得夜不成眠。这篇文章不像过去那么诙谐高明，不过也尖刻至极，足以揭开无数陈年旧伤。其中第一重打击，就来自"奥托莱恩·斯特洛尔"的署名。在文章末尾，斯特洛尔写道：

> 这位不接地气的作者似乎自恃才华出众，而且一段时间以来，大众也的确为他所蒙蔽。幸运的是，《细则》让真相不言自明：我们终于可以斩钉截铁地说，他根本不值一提——他冷酷而自恋，盲目固守性别主义，种族歧视观念根深蒂固；而且，他那些无聊的"实验"也全是反面教材。这本"印刷品"何止不"好"[1]，它简直一文不值，就连谈论它都是浪费时间。事实上，此人何止一无是处，根本就是有害无益，而且他为人刻薄，不懂珍惜——他滥用的可不止诸位的耐心而已。我一般会把不喜欢的书捐给慈善机构。不过这次我没那么做，因为那实在是不负责任。所以我转而把这本书投入了柴炉，在我打下这最后几句话时，它就在炉膛里散发着温热的烟气，总算体现出一点儿可怜的价值。

---

1. 《细则》原文为"Fine Print"，斯特洛尔在此一语双关，分别取这两个单词的字面意思，即"好的"和"印刷品"。

山妖 | 235

威尔上床时,弗洛拉翻了个身,轻轻嘟囔一声,又沉沉睡去。他在她身旁躺下,瞪大眼睛,任种种奇诡的记忆在脑中翻腾,他浑身颤抖,眼看冰冷的未来在自己面前打了个哈欠。他一步错,步步错,注定不能像别人那样更上一层楼了,他只能永远等待,在深渊边缘无止境地徘徊,隐没在不为人知的黑暗中——或者说,他将永远被看不见的目光无情地审视,那一双双目露凶光、衔悲茹恨、不知姓名的眼睛,一双双死亡的眼睛,将使他永无宁日。

THE POLTROON HUSBAND

怯懦的丈夫

约瑟夫·奥尼尔

JOSEPH O'NEILL

五年前，我们卖掉了凤凰城的房子，在法拉格斯塔夫买了块地建房——我称之为我们"最后的安身之所"。洁恩不同意我这么叫，不过我据理力争，自称我是在"实事求是地论证"——这也遭到了洁恩的反对，她说那只是我"实在烦人的论证"。

"你难道觉得这还不是我们最后的安身之所？"我说，"别跟我提临终关怀机构和精神病院，你懂我的意思。这是我们最后一个家了。这就是我们最后的安身之所。"

我查了"安身之所[1]"。当然了，它指长期居所；不过它其实来源于古英语中的一个动词，意为"等待"。"与我同在"这个说法也是由同一个词源演变而来。安身之所就是等待之地。等待什么呢？不是我扫兴，但我想我们都知道答案。我把这些想法告诉洁恩时，她说："我能看出你不知为什么挺享受这种阴暗心理，不过这话听上去有点儿低智。"当然，我听得开心极了。

---

1. "安身之所"原文为abode；下文的"与我同在"原文为abide with me。Abode和abide在古英语中共同的词源是abood，意为等待、停留。

我们最后的安身之所坐落在一片绿树成荫、水网纵横的地段上，位于南圣弗朗西斯科街，离大学不远。我们刚来那会儿，这一带还不成气候，不过现在已经涌入了为数可观的贫困人口。要我说，他们真是来对了地方：这片沙漠绿洲海拔七千英尺，气候宜人，社区服务完善，而且我得说，当地人心地善良，尽管法拉格斯塔夫城最近才刚刚把乞讨合法化。我参加了抗议恶法的示威。在这件事情上，洁恩虽说与我意见一致，但她却，姑且说，不愿去筑起堤防。我与其他示威者一起穿过海狸大街，高喊口号，高举标语，我们中有人在那条街上遇到了不小的麻烦，那场面，用我的偶像约翰·刘易斯[1]的话说，就是：我们坐在路中央，象征性地行乞。我也坐了，不过没被警察无故逮捕或拖走，这让洁恩松了口气。

我们这栋设计精巧的房子由本地建筑师操刀，以五个离地数英尺高的海运集装箱组合而成。其中一个集装箱被一分为二，一半辟作花园办公区，另一半被打造成一座封闭的小桥，横跨在那条贯穿领地的小溪上——此前，过河的人只能小心翼翼地踏过两道陈旧的木板。桥是我的主意。每当有客人在桥上驻足，欣赏窗外棕色的涓流和依稀掩映的灌木丛，我心中都会生出一种傻乎乎的自豪感。施工过程中，我们遇到过不少设计问题，但我们想出的对策不仅能解决问题，还往往能带来奇效，这实在很了不起。能在城中心找到这片神

---

1. 约翰·刘易斯（John Robert Lewis，1940—）是美国政治人物和民权领袖。

奇的荒废林地，是我们的运气。房子里听不见路上的车来车往；而且只要枫叶和红桦叶挂满枝头，路人就完全看不见我们。这里极其私密，是都市中一片不可多得的小天地。

*

一天夜里，洁恩突然抓住我的手腕。当时我们已经睡下了。

"你听见了吗？"她说。

"听见什么？"

洁恩没松手，不过抓得不那么紧了。"嘘。"她说。

我们侧耳倾听。我正要宣告警报解除，就听见一个声音——一声沉闷的撞击，仿佛有人撞上了沙发。

洁恩和我面面相觑。"那是什么？"她说，声音很轻。

我们继续听。又是一声，没那么响，不过也像一声撞击。

"没准是只臭鼬。"我说。这附近臭鼬很多。臭鼬天生爱私闯民宅。

"是在楼下吗？"

我很难判断。房子虽说有两层，而且，用设计师的话说，还有数不清的功能"分区"，但真正的房间，也就是带四面墙和一扇门那种，就只有洗手间而已。除洗手间之外，声音能在整栋房子里通行无阻。这有时很能迷惑人，我们经常不知道声音到底来自哪个分区。

一个声音骤然响起，比刚才更清晰，而且听上去绝对是一声咳嗽。是什么东西或什么人在咳嗽，或者在假装咳嗽。

绝对是在房子里，我想。

"我得去看看。"我说。洁恩并没阻止，这让我有点儿吃惊。我关掉自己那侧的床头灯。"咱们再听听看。"我说。

有好几分钟，洁恩和我都坐在床上，在阒寂的黑暗中竖着耳朵。我们什么也没听见。其实应该说：我们没听见任何不该听见的声音。只要仔细去听，你总会听到一些声音。吊扇轻微的嘎吱声。棉被隐约的咆哮。

"我想没事了。"我终于说。

"什么没事了？"

"根本没什么，"我说，"咱们不是老听见各种响动嘛。"这话不假。夜里，屋顶上时常响起爪子抓挠的声音，让我们误以为有动物闯进了我们的安身之所。

"打911吧。"洁恩说。

她明知道手机在楼下，插在厨房里充电。我说："亲爱的，别担心了，什么事也没有。"

"我们不该去看看吗？"她说。

她言下之意是我该去看看——而不是她。我应该下床，下楼，去看是什么东西在响。我倒觉得没这个必要。我看那动静已经过去很久了，仿佛一切已经尘埃落定。

洁恩说："我肯定睡不着了。"

她的声音算不上很大，但她绝对提高了音量，我想那已经不能算轻声细语了。

洁恩说："我一晚上都会躺在这儿想那是什么声音。"

我无言以对，莫名感觉筋疲力尽。

洁恩说："亲爱的，这儿不安全。"

我懂她的意思。她是想说，就算我们能睡着，但睡在这儿终归是不安全的，因为我们确实听见了撞击声和咳嗽声，而且还不知道是谁在哪儿弄出来的。我说："没错。"

但我没动。我就待在床上，没挪一步。

这个部分必须细细推敲，尤其不能把它简单归结为某种心理问题。我清楚记得当时的情况：一种说不清道不明的惰性攫住了我，像做梦一样。我感到前所未有的恐惧。过去我也害怕过，我知道什么是害怕。这不是害怕，这是一种我称之为"梦魇"的东西。

如此，我知道妻子正注视着我，我虽说睁着眼，却不能移开视线，只能定定地盯着前方的黑暗：我无法转过脸去迎接她的目光。她那侧的床头灯亮了，应该是她伸手打开的。我感觉她下了床，走到床尾，走进我的视线范围内。她把头发绾成一个髻，套上一件我从没见过的晨衣。她还是那么美，这我还感觉得到。她说："那我自己下去。"

这时，失能的感觉变得格外强烈——因为我发现自己没法制止她，否则我一定会告诉她这是极其危险的。我会提醒她亚利桑那州到处是枪支和持枪歹徒。我会提议说，要不还是我一个人下去吧。总之，我肯定会阻止她的。

要知道，我说不出话并不是因为嗓子哑了。而是因为大脑一片空白。我遭遇了精神上的断片儿。

我的爱人走出就寝区。我听见她下楼的脚步声。

我的症状稍有缓解。我发现自己可以把脚伸到床边——但再远就不行了。我只有保持坐姿,万般无奈地等待接下来的动静。

来了！先是压低嗓门的说话声。绝对是人声,要么就极接近人声。然后是一阵停顿;紧接着,起初那个声音再次响起,音量依然很低;随后又传来另一个声音,似在回答。我听见有什么在动,动作好像有些笨拙。接下来那一连串声音似乎来自某种肢体动作,然后传来一个人,或者不止一个人的说话声,持续时间比刚才稍长。究竟是谁,在哪个分区,说什么,做什么,我一概不知。我紧挨着床沿,是的,我仍旧卧床不起。这种状况持续之久,就连回忆起来都感觉度日如年。尽管我并不确定,但低声说话的似乎不止一人;对话不时陷入停顿;穿插着人或动物走动的声音;此外,我自己依然陷于停滞。不过好歹,起居区的灯总算亮了;很快,我听到冰箱门开启时特有的呼呼声,还有液体入杯时的哗哗声,或汩汩声。这时,我的行动能力又神秘地恢复了,正如它刚才神秘地消失。我站起来,下了楼。

洁恩坐在厨房桌前,对着一杯牛奶。她最近开始坚持喝牛奶,说是为了补钙:她深恐自己最终会像她母亲那样,因骨质疏松而驼背。

"好主意。"我说,也给自己倒了杯牛奶,虽说骨质疏松可不至于让我失眠。我坐到她对面。

洁恩在摆弄手机,手指滑来滑去。我等着她发信息或打电话,因为她一般不会漫无目的地玩手机。但她的手指依然滑来滑去,仿佛纯粹是在打发无聊。

我从没见她穿过晨衣。这件衣服上有复古的棕绿格纹,她穿着很好看。"我喜欢你的晨衣。"我说。

"谢谢,"她说,"我就觉得肯定能派上用场。"

我环顾周围,没看出任何问题或异样。也没闻到任何怪味。

洁恩把牛奶一饮而尽。"我要回去睡了。"她说。

"嗯,"我说,"很晚了。"我跟她一起上了楼。

早上,我们一切照旧。我做好两人份的炒蛋和咖啡,我们吃掉鸡蛋,喝掉咖啡,然后一头扎进各自的办公区。我去花园办公区做我的咨询,每天五小时,每周六天;洁恩去了她所谓的工作室,也就是她创作版画的那片区域。那天我们都忙得出奇,干活比平时都更专注、更持久,中午,我们各自匆匆吃了点儿东西。下午晚些时候,我去看她。

"怎么样?"我说。

"挺好。"她回答得含含糊糊,显得心事重重。她站在工作台上,手掌沾满黑乎乎的墨汁,身上穿着那条我再熟悉不过的绿围裙。

我越过她肩头瞟了一眼作品。"很漂亮。"我说。

洁恩没有答话，这并不意外。

"我在想，晚上吃牛排怎么样？"我说。

"好啊。"洁恩说。她爱吃我做的牛排。

于是我就去买来牛排做好，我又开了瓶红酒，配菜是香煎芦笋和扒番茄。

"牛排不好吃吗？"我问。洁恩只吃了一口肉，配菜倒全吃完了——外加两份土豆。

她说："我不太饿。"

"不饿？"我说。

"我可能一会儿再吃吧。"

我对她说："昨晚发生了什么？你下去之后。"

洁恩说："你是对的，根本就没什么。"

我说："我听见了一些声音。你在跟另一个人说话。"

"真的？"她说。

"你是说那些声音也没什么吗？"

"你说呢？"洁恩说。

"你在场啊，"我说，"我不在，所以还得你说。"

"那你在哪儿？"她说，"床上？"现在她开始吃牛排了。

我说："所以你现在饿了？"又说，"你跟谁说话呢？"

洁恩说："你确定不是在做梦吗？"

不得不说，我顿时火冒三丈。"还需要什么别的吗？"我说，"来杯牛奶？"

我没再逼问洁恩，我最不擅长盘问别人，我决定先按兵不动。洁恩在婚姻中一向坦诚，有话就说，所以她总有一天会对我和盘托出的。同时，我也缄口不言，把自己的感受藏在心底；尤其是当晚的异状——那种骇人的神经性阻滞。她开口，我才开口。她沉默，我也不说。

三个月过去了。这件事我们谁也没有再提。

我得说，那晚的声音没再响起。当然，正常的声音是有的，但没有什么令人困扰的异动。这其中或许有我的功劳。

一直以来，我和洁恩有个习惯，睡前她通常会先上楼，我则留在楼下锁门、关灯、四处查看，总之就是确认一切井然有序，可以安心睡觉。然而最近，巡逻之后（如果可以这么说的话），我会在楼下多待一会儿，坐在自己的扶手椅上。所有的灯都熄灭了，只剩我身旁那盏，所以我其实是处在聚光灯下，谁来都能看见。我会坐半小时到一小时，什么也不做，捕捉一切风吹草动，任人打量。

"你上不上来？"刚开始，洁恩会从楼上喊。

"嗯，"我回答，"我还有点儿事，马上。"

"好吧，好吧，快哦，"洁恩说，"想你。"

很快，她出现在楼梯口。"亲爱的，我要睡了。"她说。

"睡吧，亲爱的，"我说，"闭会儿眼睛。你工作辛苦了。"

"那是新的吗？"她说。

"是我的晨衣。"我说。

晨衣是那天早上到的。开始巡夜时，我曾为没有合适的行头而烦恼。坐在椅子上警惕地四下张望,这种举动既不属于白天,也不属于夜晚;既不算行动,也不算休息。确切地说,我既想脱下那身穿了一天的衣服,又不想只穿睡衣坐在楼下。所以才买了晨衣。

晨衣并不好买。不但容易买成浴袍,而且上身效果很可能会令人啼笑皆非。我在网上淘了半天,买了件藏蓝色的真丝晨衣。真是买对了。我喜欢伸出胳膊钻进袖子,系好腰带,再打湿头发,精心梳理,因为这也成了巡夜仪式的一部分——不料结果竟把自己拾掇出了多年不曾有过的仪表堂堂。我平时基本只穿牛仔裤和格子衬衫。

"你穿着很好看。"洁恩说。她也穿着晨衣,这似乎已经成了惯例。然后她又笑着补充:"有点儿休·赫夫纳[1]的感觉。"

这是在夸我吗?我说不准,一种陌生的神秘模糊了洁恩的面容。我生日时,她送我一双字母图案的黑色拖鞋——"帮你完善赫夫纳造型"——骤然间,她脸上再次浮现出同样的迷云,不过我依然穿得很开心。而且,每次我终于上楼时,洁恩总是醒着或半梦半醒,还总会翻过身来抱住我问:"没事吧?"没事,我对她说。

我坐在椅子上,听到任何异动都会不由自主地拿来跟那晚惊扰我们的撞击声、咳嗽声对比。但我没听到任何类似的响动。我在脑中回放洁恩下楼之后的那些声音,感觉她似乎

---

1. 休·赫夫纳(Hugh Hefner,1929—2017),美国企业家,《花花公子》杂志的创刊人及主编。

是在跟另一个人对话,虽说没有留下任何痕迹,也可能什么都不是。我意识到自己依然期待洁恩终有一天会回想起来,会告诉我在那个漫长的瞬间里,在我身陷名副其实的精神囚笼之时,她都经历了什么,而我也终会向她描述我当时的困境。不过洁恩总是想得太多,这种生理性的行为失调又带有神经生物学性质,容易令人困惑,所以最好还是别让她知道。反正我也不是第一次有事瞒着她。我从没告诉过她,我们认识时我正身处绝境,那时我最大的安慰,就是在房间里举目四望,思考怎么把自己吊死。洁恩是我的救星。

她很可能已经彻底忘了那晚的事。当然,还存在另一种可能,尽管概率很小:她故意沉默,有意对我隐瞒真相。这完全不像洁恩的作风。她受不了处心积虑的沉默,况且我也看不出避而不谈有什么意义,所以她肯定不是故意的。

与此同时,我渐渐熟知了周遭的各种声响,我想可以称它们为"生态环境音"。比如,我发现臭鼬的叫声可以十分接近鸟儿的啁啾。这类知识可不是从天上掉下来的,得亲身实践才行。我好几次踏出房门去追寻某个声响,只带一只手电。一天夜里,我发现灌木丛里有什么闪过——好几种动物都有嫌疑:法拉格斯塔夫有浣熊、灰狐、野猫,更不用说松鼠了——我跑去查看,结果发现自己置身树林深处,身上连一只手电也没有。的确,"树林"是指有一定规模的林地,而我说的不过是一片灌木丛而已,虽说只是晚上十点,我却像置身午夜幽暗的树林。

怯懦的丈夫 | 249

四下黑得伸手不见五指。我们这个街区没有路灯,也丝毫没有光入侵的烦恼。我们只有一位邻居,她的房子在一片灌木和橡树丛背后,她还严格遵照法拉格斯塔夫著名的《夜空法令》,限制了领地上的照明。近来,我研究了一下动作感应警报灯,想着要不要在房子周围安一圈,结果却立刻坠入了室外照明灯具这个幽暗可怕的深坑。反正洁恩也不赞成。"你只会照亮一群啮齿动物。"她说。她还说:"我不想活得像个懦夫。"这话把我逗笑了。我一直很喜欢,也很欣赏她的一针见血。

"懦夫,"我读道,指"怯懦至极的人。"这我是知道的。但我以前不知道,这个词很可能源自古意大利语词汇"poltire",意为赖在床上,而它的来源就是 poltro,床。有意思,我想。

我讲到哪儿了?哦,幽暗的树林。不过,一旦适应了远离人造光污染的天然黑暗,我就发现树林其实一片明朗。这是个悖论:正因为少了人工白昼的侵染,漆黑的夜空才熠熠生辉。清朗的月光穿过高处翳翳的叶影,化身千千万万不可思议的碎片,在林间铺满白霜;星光或许也增强了林中诡异的明暗对比,一切都仿佛披上了醒目的伪装,平日里形态各异的事物,植物、岩石、空地,此刻一律变得黑白分明。我想正是因为这些,我才会奇怪地感觉自己好像也隐去了身形。我倚在树上——俨然自己也是一棵树。我在那儿静静地站岗,身披半副月光铠甲，眼观六路，耳听八方，毫不意外地发现自己不仅能察觉林中生灵的风吹草动，还能透过浓黑的密林，听见圣弗朗西斯科街上遥远的脚步声。忽然，手机振动起来，一时间，我还以为自己把大地的震颤揣进了衣兜。

"亲爱的？"洁恩说，"亲爱的你在哪儿？"

我如实相告。

她说："树林？是在院子里吗？你还好吧？你出去有半小时了。"

我转向"安身之所"。楼上有扇窗户投下一方迷人的暖黄光斑。除此之外，我们的安身之所也是一片漆黑，一如暗夜与幽林。

我说我很好，好让洁恩安心。但我其实还想多说几句——想跟她分享我在银色森林里的冒险。

"快进来吧，亲爱的。"洁恩说。她显得有些担心，这是自然。她毕竟是个独自待在林中房子里的女人。

"我马上来，"我说，"待着别动。我来了。"

附录

詹姆斯笔记本中的题材

以下是诸位作者在创作中使用或参考的题材,鉴于很多作者在作品中仅部分采纳了"胚芽",笔记内容有所删节。读完小说、翻开詹姆斯笔记的读者会发现,其中一些题材具有开创意义——它们开辟了全新的领域,对于从未写下它们的詹姆斯来说如此,对于新一代的冒险家们亦然。

詹姆斯在笔记中使用的法语单词,我已在脚注中标明。

保罗·索鲁 《X神父》

1900年1月28日。得闲记录题材一则,涉及牧师和布道词买卖，提炼自亚瑟·克里斯托弗·本森[1]所言之事。试想有位牧师，因堕落而被逐出教会，藏身山洞一类处所，替某代理人撰写布道词，代理人将文章打印贩售，需求源源不断。

科尔姆·托宾 《守口如瓶》

1894年1月23日，德维尔花园34号[2]

那日因被打断，未能记录格雷戈里夫人[3]此前讲述的逸事一则，她称之为"情节"，认为它大有可挖，但必须承认，对此我不敢苟同。不过仍可在此一提（我能领会个中主旨——但那主旨，目前看来实在乏善可陈、沉闷无趣，完全在于那位行为失当的妻子是否值得原谅。想到粗壮的中年妇人和她难以启齿的"过去"，人们只会徒感厌烦和乏味，整个情形只教人想到肮脏的衬裙和种种邋遢秽物）。言归正传，格雷戈里夫人的故事讲的是一位爱尔兰乡绅发现妻子移情别恋。她

---

1. 亚瑟·克里斯托弗·本森（1862—1925），诗人、评论家、学者，亨利·詹姆斯的友人，最为人称道的作品是《日记》。其父爱德华·怀特·本森，即坎特伯雷大主教，与詹姆斯分享了《螺丝在拧紧》的素材。——原注
2. 1885年11月，詹姆斯在伦敦肯辛顿区的德维尔花园34号四层租下一间宽敞的公寓，并于次年3月迁入。——原注
3. 伊莎贝拉·奥古斯塔·格雷戈里夫人（娘家姓珀斯）（1852—1932），爱尔兰剧作家、翻译家、评论家，1899年与W. B. 济慈共同创建了爱尔兰民族文学剧院。——原注

与另一个男人私奔离家，抛下一对年幼的女儿。这段风流韵事短暂而惨痛——情夫离她而去，她重回丈夫身边。丈夫竭力掩盖此事，粉饰她的缺席——或曾举家外迁，定居无人知晓此事之地；她回到他的壁炉[1]旁，重拾教子之职。然而丈夫却开出一个无情的条件：一旦女儿长大，身边不再需要母亲，她就必须离开。"我不希望家丑外扬——也不想让她们幼小的心灵蒙受伤害；更不希望她们每每问起你时，我都只能无言以对或诉诸谎言。但你只能待到某年某月某日，等她们长到某岁，你就得走。"她接受了条件，全心全意地照顾女儿，竭力弥补过失。她是否曾寄望以此打动丈夫，使他手下留情？或者，她是否真心接受这惨淡的命运？故事并未交代。只说那位丈夫始终不依不饶，妻子多年来的诚挚态度丝毫未能动摇他的坚决。他定下年份日期，夫妻双方[2]继续共同生活，她眼看那个可怕的日子一天天逼近。唯有两个女儿对此约定一无所知，更不知事情始末。那一天终于到来——她们长大成人；她职责已尽，必须离开。她们想必尚未"亮相"，因为在他看来，她最没资格做的，正是带十七八岁的女儿登上社交舞台。简而言之，时间一到，她就离开了她们。这令她们困惑而痛苦，见此情景，做父亲的势必自感应该上前安抚——他在一旁远观时，想必早已料定这一切在所难免。据格雷戈里夫人所述，他安抚女儿的方式，就是把一切和盘托出——揭开事实真相。此

---

1. 原文为法语。
2. 原文为法语。

事令她们震惊不已，对她们产生了至为可怕的影响。她们敏感、纯洁、骄傲、虔诚（均为天主教徒）；深感自己的人生遭到了玷污，变得肮脏可怕，遂双双携手步入修道院——成为修女。格雷戈里夫人的故事到此结束。不得不说，如此匆匆勾勒，似乎加深了我的体会——事实上，它展现出更加丰富的可能。它逐渐贴近我从中提炼或为它赋予的内涵，甚至有望为一部有力的中篇小说——八万到十万字——充当主题。容我在此大致记下它所涵盖[1]，或曰蕴含的戏剧冲突，亦即两名女孩性格迥异，对此事做出了不同反应。首先，母亲的希望与恐惧之中存在某种戏剧冲突。其次，可以突出某个女儿，或两个女儿的婚姻问题——她们各自的结婚对象，即两名男青年在事件中[2]的态度及角色。三是其中一个女儿会重蹈母亲覆辙。另一个则截然相反，选择投身信仰。前者始终知情，真相对她毫不新鲜。此类题材无疑自有深意，不得不说，我越往下想，它就越是涵义丰富。譬如丈夫的性格，他那怪异、深刻、漫长而持久的强硬——还有最重要的，他肩负的责任：他如何行动，如何对女儿产生影响。还有他的愚蠢，他的刻板，他言出必行的迂腐，他了解女儿的渴望，还有他曾竭力设想她们得知真相之后会有何种感受、会作何反应。他的主要特征是毫无想象力可言。此外还有那位男青年——女儿之一的情人在故事中的角色，他早已知情的事实，以及他心中

---

1. 原文为法语。
2. 原文为法语。

的恐惧。他是投身宗教那个女儿的情人。另一个女儿——鲁莽、愤世嫉俗、有着卡门式的不羁灵魂,亦有一位情人:她与一个恶人秘密相恋,并献出了自己。此外,那位母亲和她的情人呢?她内心经历了怎样的变化?或许那位情人还在等待着她?又或者,面对自己的残酷带来的恶果,那位丈夫幡然醒悟,在家庭分崩离析之后与她破镜重圆。××××× ××××××××××××

> 科尔姆·托宾主要根据以下内容创作了他的小说,并将笔记置于小说卷首。这个构思紧随上一段之后,应为同一天所写。

格雷戈里夫人所述的另一事件——"题材",涉及伦敦一位显要的牧师,他在多佛至加来的汽船甲板上拾到一封致他妻子的信。彼时他的蜜月旅行刚刚开始,妻子正在舱内休息,他发现写信者是她的一位昔日情人,文字炽热(简而言之要么是婚约,要么是决裂或热恋),而他此前毫不知情,遂决定一到巴黎就以受骗为由——趁还没碰她,将她直接退回娘家。后来,他依然将她带回家中同住,但从不以妻子相待。对她而言,那场冲突——巴黎一夜,或许会招致一系列后果,其中包括某个戏剧性事件。譬如当即投入他人怀抱,等等,等等,等等。

这令我记起此前就打算记录的一件逸事——W.B.[1]夫妇匪夷所思的感情破裂（也在巴黎），就在他们同样匪夷所思的婚讯传出后不久。有传言说他同意社交季带她回到伦敦，赴两个月的饭局——其实就是装模作样，好让他坐在桌首，戴上祖传的钻戒。他也的确是这么做的——等社交季一过，他就把她逐出了家门。此事足以作为一篇小说、一个短篇的素材。

××××××××××××

罗丝·特里梅因 《有人在吗？》

特里梅因的小说脱胎于两篇相隔二十年的笔记。

1879 年 1 月 22 日　　灵异故事题材一则

试想有一扇门——或以墙砖封堵，或长期紧锁——不时会传出敲门声。敲门的——因为门后无人——只可能是鬼魂。那扇门所在的房间或地点有人居住，但此人对敲门声已然习以为常；他亦知其灵异，却不再为它伤神——因为鬼魂始终置身门后，从不现身。不过可以假定，此人有某种长期而严

---

[1]. 身份无法确定：姓名缩写为 W.B. 的詹姆斯友人均不符合描述：韦尔伯·圣克莱尔·巴德利、沃尔科特·巴莱斯蒂尔（美国人）、沃尔特·贝里（美国人）、威廉·威尔伯福斯·鲍德温（美国人）、沃尔特·贝赞特（婚姻美满）、威廉·布莱克伍德（居住在爱丁堡）、珀西·威廉·邦廷爵士（婚姻美满）、威特·宾纳（日期不符）……——原注

重的问题；或许可以由另一人，即叙述者，点出每当该问题浮出水面，敲门声就会加剧。

罗马　欧洲饭店　1899年5月16日

在此记录构思一则（短篇幻想故事）[1]。一位年轻人无论身在何处，总能时常听见一阵敲门声（响亮的三声之类的）——在他居住的每个房间、每栋建筑——那声音总追随着他。小说以第一人称叙述——"我"与他共处一室（他已向我坦言此事；），我也感染了他的好奇、担忧和焦虑（尽管常以此取笑他）。我对敲门声自有判断。详述他的命运，等等。"有时，门口会有某个东西——某个人。"一次敲门声响起时，我正与他待在一起。即第一次——那是我第一次得知此事。（他没有留意——我却不同。他随即解释说："噢，我想那不过是——"他打开门：门外的确有人。一切都再自然正常不过。这就是我的首次登场[2]。）结局十分重要。须写明来者究竟为何人，门口究竟是什么。这依然有待推敲。

---

1. 原文为法语。
2. 原文为法语。

乔纳森·科伊 《加拿大人不会调情》

【1879 年】题材一则。

佛罗伦萨的 G 伯爵（据 T 夫人某晚所述）娶了一位美国女子 F 小姐，却置她于不顾，移情别恋，长期与情人[1]保持关系。她非常爱他，试图通过与其他男子调情来安慰自己；但她却无论如何也做不到——她不具备这方面的天赋。在一次调情的尝试中，她终于崩溃。故事可由她选定的调情对象之一叙述，此人真正对她关心有加。他目睹了她的反复无常、心不在焉、心事重重等等——还有她的悲伤，她机械而敷衍的调情——随即她骤然停止，并流露出对他的恐惧，他则始终无辜且忠实。

特莎·哈德莱 《老友》

1891 年 10 月 22 日（德维尔花园 34 号）

把这个构思写成一篇极其简短的小说如何？一名已婚女

---

[1]. 克拉拉，被流放的俄国政客尼科莱·屠格涅夫（1789—1871）的遗孀，与詹姆斯的朋友、小说家伊万·屠格涅夫是远亲，她住在巴黎，跟女儿范妮和两个儿子生活在一起。这位佛罗伦萨伯爵及其美国妻子应为阿尔贝托·奎多·德拉·盖拉尔代斯卡和朱赛平娜（约瑟芬）·费舍尔，他们于 1873 年结婚。——原注

子于丈夫在世时与另一男子相恋，丈夫死后，她不得不直面情人——此前出于某种特殊原因，她允许他追求自己。这种特殊原因可以是：那位丈夫不如情人年轻、聪慧、英俊。不过她自然始终良心不安。设想那位年轻的情人真心爱她，他们曾彼此调情，不过她在得知丈夫身患绝症之后，就不再与青年暧昧不清。丈夫为人和善，对她宠爱有加，丝毫没有起疑。她被他的温柔与苦难深深打动，对自己的不忠悔恨不已，完全与情人断绝了关系。她对丈夫全情投入，照料他，爱护他——但他不久就去世了。她惶惶不可终日，自认亏待了他，觉得他一定起了疑心，被她伤透了心，所以其实是自己害死了他。就这样，六个月后，她再次见到了那位曾经爱她、至今依然爱她的情人。他希望她能嫁给他——希望她能不负他的等待、尊重和远离，让他如愿以偿。××××××××××

吉尔斯·福登 《加蓬之路》

【1899年，罗马】

懦夫——勇者。某人曾侥幸成就了一番英勇壮举；他深知那一切无法重来，对日后的考验深怀恐惧。终因恐惧而死。

琳内·特拉斯 《证明》

【1900年9月，莱伊兰慕别墅】[1]

在此记录此前受W（沃尔斯利）夫人启发而萌生的构思一则。主要讲述他们那位居于主宅的领主所秉持的态度和行为，起因是他们迁入小巧而可爱的次宅，将之装扮一新，缔造了一个趣味盎然、精致优雅的环境——其精美程度远非这位领主所能想象。[2]整个情形充斥着某种情感，即那位茫然不解的领主心中的愤恨——针对他无法想象，甚至无法理解的雅趣。这里需要讲述，或者需要研究的，是一种特定的嫉妒，被取而代之的恐惧。主宅丑陋、绝望、无可救药，次宅美丽、时髦、不可复制。困惑不解——一切错误的根源。

---

1. 1897年9月，詹姆斯在苏塞克斯郡的莱伊签下一份租约，租下一栋他此前就十分欣赏的乔治王风格建筑，装修后，他于次年迁入此地。1899年，他买下房屋产权。——原注
2. 詹姆斯的朋友加内特·沃尔斯利爵士（1833—1913），他在1873至1874年的阿散蒂战争中赢得"阿散蒂的胜利者"的称号，1895—1899年担任英国陆军总司令。其妻美丽可人，婚前名为路易莎·厄斯金（1843—1920）。1898年，他们迁入一栋小别墅，位于苏塞克斯郡的格莱德领地，沃尔斯利夫人在其中发挥了她高超的审美情趣。那位"领主"，即格莱德庄园及一百码外那栋别墅的主人——海军少将、受人尊敬的托马斯·布兰德，詹姆斯曾见过此人，这位布兰德显然对新房客的大获成功感到困惑不已。詹姆斯曾在1900年造访过那栋别墅，他在给一位友人的信中写道："而且，这栋小房子原本一无是处，但在住客及其珍宝的装点下却大放异彩，让人感到由衷的艳羡和惊讶。她在装饰和陈设方面具有罕见的才华。"——原注

阿米特·乔杜里 《温斯利代尔》

瓦伦布洛萨，1890 年 7 月 27 日[1]

短篇小说题材：一位居于美国西部城市——科罗拉多州或加利福尼亚州——的年轻男子或女子，利用法国和英国藏书，为自己营造出一种欧洲"氛围"——莫泊桑、《两个世界的评论》[2]、阿纳托尔·法朗士、保罗·布尔热、于勒·勒梅特尔等一应俱全，他小小的天地给人带来强烈的联想和感受，让人仿若置身异国。他居住于此，全然沉浸其中。前去拜访他的叙述者曾游历欧洲，十分了解欧洲人的秉性（他可以是一位极具现代精神的印象派画家），也见识过西方的另一面，譬如它赤裸的丑陋、它的新闻主义、它的粗俗、它的民主。故事中必有一位饱读诗书的美国女子，出身新英格兰，"纯洁而优雅"，纤瘦而热烈。其素描、画像、形象，如莫泊桑笔下

---

1. 在该日期前四天，詹姆斯在给哥哥威廉的信中提到，自己身在一处"绝美的天堂"，"这里是弥尔顿的瓦伦布洛萨，他名句的出处，他造访过的那座古老的山中修道院也在这里，此时此刻，它就矗立在我下方数百英尺处"。（《失乐园》第一卷，第二节，302 – 304："就像层层叠叠的秋叶撒满瓦伦布洛萨的条条小溪，那儿的参天古木遮天蔽日，从而使埃特鲁斯坎树影斑驳……"）——原注
译文引自《失乐园》，上海译文出版社 2012 年版，译者刘捷。
2. 《两个世界的评论》1829 年创刊于巴黎，是一份高规格的法国文学月刊。詹姆斯曾在他的回忆录《作为儿子与兄弟》第六章中写道："尖锐能彰显文化的力量，而最能体现这一点的就是，譬如说，仅需细品读《两个世界的评论》便能体会的那种流金溢彩的浪漫光辉。"——原注

人物。总之，重点在于，那位主人尽管有机会亲访欧洲，去巴黎体验书中描绘的生活，但他却宁愿留在家中，拒绝离开：因为他痴迷的只是那个欧洲，认定一切还是那样最好。这个"重点"还有些单薄——不过我可以再打磨一番，真正的重点在于此番情形本身，以及什么才是人真正能够接纳的。

苏茜·博伊特 《人们如此可笑》

1911年4月25日（伊荣街95号）

还有一则小小的故事，关于一名年轻女子（几个月前，她的形象跃入我脑海）悉心照料长期重病的母亲，终日陪在母亲床前，极其孝顺，不辞辛劳，虚掷青春、体力、精神。对此，另一些人，她家的医生，一两位友人，一两位亲戚，一致认为必须采取某些行动——趁一切还不至于无可挽回，他们必须拯救这位女儿，把她带走。

菲利普·霍恩 《山妖》

1894年11月18日（德维尔花园34号）

以下构思是否成为一个小小的——极其简短的——故事呢（文学意义上的[1]）？一位男性文人、诗人或小说家，曾与一位"女性作者"，亦即女记者，有过一段愉快而毫无疑点，多少也算情深意切的交往，然而多年后，他却发现自己遭到了她全面的犀利品评[2]，发现她在她供职的某主要报刊上对他大肆"批评"。他与她相识已久，对她印象颇佳，也读过她粗劣的作品，印象稍逊；同时，他明知上文提到的中伤[3]会定期出现，却从未把它们与她联系起来；反之亦然，所以得知真相后才心烦意乱，痛苦不堪。或者，那位满怀恶意——起码是出言不逊的匿名书评人也可以换作男人，作者则是女人。重点在于事情败露之后，在两人的关系、处境之中是否存在某个主旨，某种戏剧张力，譬如评论者的惺惺作态：在文章里对作家毫不客气，而在现实中，作为作家的朋友、作为一个活生生的人，态度却又截然不同。他们——或那位评论者，也许无望而愤怒地[4]爱着那位受害者却不自知。这仅是一个微不足道的情形，但或许尚有潜力可挖。

约瑟夫·奥尼尔 《怯懦的丈夫》

【莱伊兰慕别墅，1900年9月】

---

1. 原文为法语。
2. 原文为法语。
3. 原文为法语。
4. 原文为法语。

前几天爱丽丝[1]讲述了一件趣事,或许能用来作些精彩的小文章,故事原型据她说,来自新英格兰的"韦茅斯"。韦茅斯乡下有个女人——女人及其丈夫,夜里被楼下的动静吵(醒),随即立刻知道,或立刻确信有贼人闯入。丈夫理应下楼查看,但丈夫却拒绝下楼——他纹丝不动,推说没有武器云云,始终踌躇不前,妻子说既然如此,她只好自己下去查看。但她表现出极度的嫌恶和轻蔑。"你是说你就由着我自己下去?""呃,我又不能拦着你。但反正我是不会——!"她离开他,下楼,发现底层有人,她认出了此人——那是当地一名年轻男子。他显然不是惯犯,只是近来生活不顺,遇上了麻烦,想从他们这里盗走某件东西,再转手出售。被她当场抓住,他顿时泄了气,她则渐渐有了底气,接下来写她如何看待此情此景。他穷困潦倒——放弃了抵抗。她威胁说要揭发他(他阻止她喊叫),他求她不要毁了他。几个来回之后,她终于松口,因为是首次,同意放他走。但他如若再犯,她就会这样(做)——总之他将承担更加严重的后果。所以,当心吧!他照做了。她放走了他,他逃脱后,她回到丈夫身旁。他听见楼下有人说话,却什么也没听清,他知道一定发生了什么。她部分回应了他的猜测——说刚才的确有人,她

---

[1] 爱丽丝·豪威·吉本斯·詹姆斯(1849—1922)是詹姆斯兄长、心理学家及哲学家威廉·詹姆斯(1842—1910)的妻子,她生长于马萨诸塞州的韦茅斯。——原注

放走了他。是谁呢？他迫切想知道。啊，但这却是她不肯透露的，面对他的好奇，她只有嘲弄和鄙夷。她永远也不会告诉他，他也绝不可能知道，他被永远排除在真相之外——这是懦弱者应得的惩罚。所以，他遭受的惩罚就是永远对真相不得而知，而故事所要表现的，则是这种惩罚引发的事件或带来的后果：譬如妻子的隐瞒带给他的折磨，他由此对妻子与那个神秘人关系的猜测。这个故事值得一写；不过只能写得很短，原因很简单，因在需要读者长时间逗留的作品中，一位丈夫的怯懦很难被写活。×××××

作者简介

苏茜·博伊特（Susie Boyt）毕业于牛津大学圣凯瑟琳学院和伦敦大学学院，主要研究亨利·詹姆斯的作品及约翰·贝里曼的诗歌。她的作品包括六部广受赞誉的小说和一部深受好评的回忆录，同时，十三年来，她一直在为《金融时报周末版》撰写每周专栏。她的最新一部小说《爱与声名》（Love & Fame）2017年秋天由维拉戈出版。同年，她编辑的《螺丝在拧紧与其他灵异故事》(The Turn of the Screw and Other Ghost Stories) 由企鹅经典出版。苏茜同时还是伦敦汉普斯特德剧院的导演。

阿米特·乔杜里（Amit Chaudhuri）共著有七部小说，最新一部名为《我年轻时的朋友》（Friend of My Youth）。同时，他还身兼文学评论家、音乐家与作曲家，他是皇家文学学会会员。曾荣获的写作奖项包括英联邦作家奖、贝蒂·特拉斯克奖、英国作家协会安可奖、《洛杉矶时报》小说奖、印度政府颁发的萨希亚·阿卡德米奖。2013年，他荣获首届印孚瑟斯人文奖，以表彰他在文学研究方面的突出贡献。他目前在东安格利亚大学担任现代文学教授。

乔纳森·科伊（Jonathan Coe）1961年出生于伯明翰，著有十一部小说，其中包括《好一场瓜分！》（*What a Carve Up!*）、《沉睡之屋》（*The House of Sleep*）、《无赖俱乐部》（*The Rotters' Club*）和《11号》（*Number 11*）。他执笔的B. S. 约翰逊传记《宛如愤怒的大象》（*Like a Fiery Elephant*）曾荣获2005年的萨缪尔·约翰逊奖。

吉尔斯·福登（Giles Foden）在东安格利亚大学和利默里克大学担任创意写作教授。他成长于非洲、英国和爱尔兰，凭借哈珀伍德奖学金进入剑桥大学圣约翰学院，专攻英语诗歌与文学。1993年，他成为《泰晤士报文学增刊》的助理编辑。自1996年至2006年，他供职于《卫报》的书评版面，其间出版了《最后的苏格兰王》（*The Last King of Scotland*），这部作品获得了1998年的惠特伯瑞德新作奖，2006年被改编成好莱坞电影。此外，他还著有三部长篇小说和一部叙事性非虚构作品。他是2007年布克奖和2014年IMPAC文学奖的评审之一。《纽约时报》《格兰塔》《时尚先生》等刊物都曾发表过他的作品。

特莎·哈德莱（Tessa Hadley）著有六部长篇小说、三部短篇小说集和一篇批判性研究全长论文——《亨利·詹姆斯与对愉悦的想象》(*Henry James and the Imagination of Pleasure*)。2015年,她在英国出版的长篇小说《过往》(*The Past*)获得了豪森登奖;此外,2017年她还出版了短篇小说集《噩梦》(*Bad Dreams*)。她定期在《纽约客》上发表短篇小说,并为《卫报》和《伦敦书评》撰写评论,同时,她还是巴斯思巴大学的创意写作教授。2016年,她荣获了温德姆·坎贝尔小说奖。

菲利普·霍恩(Philip Horne)在伦敦大学学院任教。他曾著有《亨利·詹姆斯与修订:纽约版》(*Henry James and Revision: The New York Edition*,牛津大学出版社1990年版);并编辑了《亨利·詹姆斯:书信中的一生》(*Henry James: A Life in Letters*)、狄更斯的《雾都孤儿》(*Oliver Twist*)、詹姆斯的《悲惨的缪斯》(*The Tragic Muse*)和《一位女士的画像》(*The Portrait of a Lady*),均由企鹅图书出版,以及詹姆斯的《自传》(*Autobiographies*,美国文库2016年版)。他是《亨利·詹姆斯小说全集》(*Complete Fiction of Henry James*)的发起人和总编辑,该书由剑桥大学出版社出版,他同时还在为这家出版社编辑詹姆斯的《笔记本》(*Notebooks*)和《金钵记》(*The Golden Bowl*)。

约瑟夫·奥尼尔(Joseph O'Neill)共出版了四部长篇小说,其中最新的一部是《狗》(*The Dog*)。他的短篇小说集《好生烦恼》(*The Good Trouble*)于2018年出版。他在巴德学院任教。

保罗·索鲁（Paul Theroux）是小说家兼旅行作家。他出生在马萨诸塞州的梅德福，那里是詹姆斯的小说《幽灵租屋》（*The Ghostly Rental*）的发生地。他有幸珍藏了24卷本的纽约版《亨利·詹姆斯小说全集》，并曾为《梅西所知的一切》（*What Maise Knew*，企鹅出版社）撰写导读。他本人的作品包括《蚊子海岸》（*The Mosquito Coast*）、《火车大巴扎》（*The Great Railway Bazaar*），等等。他的最新作品是旅行随笔集《深入南方：僻道上的四季》（*Deep South: Four Seasons on Back Roads*）和长篇小说《祖国》（*Mother Land*, 2017）。

科尔姆·托宾（Colm Tóibín）出版了九部长篇小说，其中包括（描写亨利·詹姆斯的）《大师》（*The Master*）和《煊赫之家》（*House of Names*），他同时还著有两部短篇小说集。他的作品被翻译成30多种语言。他是《伦敦书评》的特约编辑，也是哥伦比亚大学艾琳与西德尼·B.斯沃曼人文教授和利物浦大学的名誉校长。

罗丝·特里梅因（Rose Tremain）1983年入选《格兰塔》首批二十位"英国最佳青年小说家"，是仅有的五位女性入选者之一。自那之后，她在27个国家出版了长篇及短篇小说作品，并屡获殊荣，其中包括惠特伯瑞德奖、法国的费米纳奖和2008年橘子小说奖。她的第十四部长篇小说《古斯塔夫奏鸣曲》（*The Gustav Sonata*）2016年出版之后即广受赞誉。它在美国获得了国家犹太图书小说奖，并入围另外五个奖项，包括 2017 年的南岸天空艺术奖。2007 年，她荣膺大英帝国司令勋章。

琳内·特拉斯（Lynne Truss）著有七部长篇小说与非虚构作品，其中包括《逗号，让熊猫吃完开枪就跑》[1]（*Eats, Shoots & Leaves*），一本探讨标点符号的畅销书籍。此前，她唯一涉及詹姆斯的作品，是她为一部戈林德伯恩选集撰写的一篇哥特式幽默短篇小说，在其中，一个想象力过于丰富的女人给自己收养的两只猫起名为迈尔斯和弗洛拉[2]，结果后悔莫及。

迈克尔·伍德（Michael Wood）是普林斯顿大学英语和比较文学方面的荣誉退休教授。他的最新作品是《希区柯克：擒凶记》（*Hitchcock: The Man Who Knew Too Much*）和《论燕卜荪》（*On Empson*）。

---

1. 此处为文字游戏，若无逗号，则译为：吃笋和竹叶，是英国人早期对熊猫的描述。加上逗号，句子成分则发生变化。
2. 詹姆斯的灵异小说《螺丝在拧紧》中两个受到鬼魂蛊惑的孩子。

致谢

在编辑过程中，我得到了许多人的帮助和鼓励，没有他们，本书不可能成形。我无法一一向他们致谢，但我必须衷心感谢：苏茜·博伊特、乔纳森·科伊、卡罗琳·道内、吉尔斯·福登、特莎·哈德莱、乔·奥尼尔；感谢古籍出版社的夏洛特·奈特和弗朗西丝·麦克米伦，还有大卫·普尔维斯和尼克·斯基德莫尔；感谢尼克·霍恩比、大卫·洛奇和约翰·萨瑟兰；感谢保罗·奥斯特、约翰·班维尔、朱利安·巴恩斯、威廉·博伊德、J. M. 库切、马克·哈登、石黑一雄和罗丝·特里梅因；感谢马修·博蒙、格特·布伦斯、乔纳森·克鲁、昆廷·库蒂斯、苏珊·哈波特、奥利弗·赫福德、理查德·霍姆斯、西蒙·约翰逊、阿德里安·普尔、彼得·斯布、勒内·魏斯、迈克尔·伍德、马里诺·佐尔齐、罗塞利亚·马莫利·佐尔齐；感谢英国作家协会的莎拉·比尔东和莎拉·巴克斯特。本书自始至终都得到了朱迪丝·霍利和奥利维亚·霍恩一如既往的大力支持。特此感谢贝伊·詹姆斯授权翻印笔记内页（出自笔记本第六册），这篇笔记由吉尔斯·福登扩写成了《加蓬之路》；同样，感谢哈佛大学珍善本图书馆，所有笔记本目前均珍藏于此（编号bMS Am 1094）；感谢企鹅图书授权重刊科尔姆·托宾的短篇小说《守口如瓶》，本篇最初收录于短篇小说集《空荡荡的家》中。

图书在版编目（CIP）数据

大师的灵感笔记：亨利·詹姆斯从未动笔的小说 /（英）菲利普·霍恩编；（爱尔兰）科尔姆·托宾等著；齐彦婧译. -- 上海：上海文艺出版社，2019
ISBN 978-7-5321-7227-6
Ⅰ.①大… Ⅱ.①菲…②科…③齐… Ⅲ.①短篇小说－小说集－世界－现代 Ⅳ.①I14
中国版本图书馆 CIP 数据核字(2019)第 112358 号

Tales from A Master's Notebook
By Various
Copyright © as per Proprietor's edition

Silence Copyright © Colm Tóibín, 2010
First published in THE EMPTY FAMILY: *Stories* by Colm Tóibín

First published as Tales from A Master's Notebook by Vintage Classics, an imprint of Vintage. Vintage is part of the Penguin Random House group of companies.Simplified Chinese edition (including Silence) copyright © 2019 by Penguin Random House North Asia in association with Shanghai Literature & Art Publishing House. All rights reserved.

著作权合同登记图字：09-2019-386

"企鹅"及其相关标识是企鹅图书有限公司已经注册或尚未注册的商标。未经允许，不得擅用。
封底凡无企鹅防伪标识者均属未经授权之非法版本。

发 行 人：陈　徵
出 品 人：肖海鸥
责任编辑：方　铁　肖海鸥

书 名：大师的灵感笔记：亨利·詹姆斯从未动笔的小说
作 者：[英]菲利普·霍恩编；[爱尔兰]科尔姆·托宾等著
译 者：齐彦婧
出 版：上海世纪出版集团　上海文艺出版社
地 址：上海绍兴路 7 号 200020
发 行：上海文艺出版社发行中心发行
　　　　上海绍兴路 50 号 200020 www.ewen.co
印 刷：上海盛通时代印刷有限公司
开 本：787 × 1092 1/32　印 张：9.375　字 数：181,000
印 次：2019 年 8 月第 1 版 2019 年 8 月第 1 次印刷
ISBN：978-7-5321-7227-6/I.5761　定 价：65.00 元

告读者：如发现本书有质量问题请与印刷厂质量科联系 021-37910000